丁小龙的小说，兼具可读性和探索性，执着于我们时代的存在境况和精神难题，是"生命册"，也是"心灵史"。

文学评论家　张柠

# 渡海记

丁小龙 —— 著

济南出版社

图书在版编目（CIP）数据

渡海记 / 丁小龙著 . -- 济南：济南出版社，2024.2
（文学新势力 . 第二辑）
ISBN 978-7-5488-6061-7

Ⅰ.①渡… Ⅱ.①丁… Ⅲ.①中篇小说—小说集—中国—当代②短篇小说—小说集—中国—当代 Ⅳ.① I247.7

中国国家版本馆 CIP 数据核字 (2024) 第 031811 号

渡海记
DUHAIJI
丁小龙　著

出 版 人　谢金岭
责任编辑　宋　涛　孙　愿
装帧设计　焦萍萍　刘梦诗

出版发行　济南出版社
地　　址　山东省济南市二环南路1号（250002）
总 编 室　0531-86131715
印　　刷　济南新先锋彩印有限公司
版　　次　2024年1月第1版
印　　次　2024年2月第1次印刷
开　　本　145mm×210mm 32开
印　　张　7.5
字　　数　161千字
书　　号　ISBN 978-7-5488-6061-7
定　　价　36.80元

如有印装质量问题 请与出版社出版部联系调换
电话：0531-86131736

版权所有　盗版必究

**学术筹划** 中国作家协会鲁迅文学院 北京师范大学国际写作中心

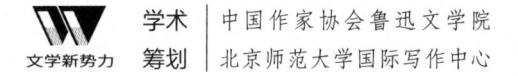

# 编委会

**顾　　问**　莫　言　吉狄马加　吴义勤

**文学导师**　余　华　苏　童　欧阳江河　西　川

**主　　编**　邱华栋　张清华　徐　可

**编　　委**　王立军　周云磊　李东华　周长超
　　　　　　刘　勇　张　柠　张　莉　沈庆利
　　　　　　梁振华　张国龙　翟文铖　张晓琴

# 总　序

张清华　邱华栋

2012年10月，莫言荣膺诺贝尔文学奖，再度激发了国人的文学激情，也唤醒了高校在文学教育方面的旧梦，其中就包括北京师范大学。因为一段至关重要的学缘，莫言曾于1991年获得了北师大授予的文学硕士学位，而此刻，作为母校的师大自然倍感荣耀，遂立刻决定成立北京师范大学国际写作中心，并邀请莫言前来担任主任。中心成立之初，其核心职能——文学教育和创作人才的培养便被提上了议事日程。

需要稍加追溯前缘，才能说明这套文丛的来历。1988年，由当时在研究生院任职的童庆炳教授牵头，由北京师范大学提供学制条件，牵手中国作家协会直属的鲁迅文学院，共同招收了首届作家研究生班学员。那时的学位制度还相对处于比较早期的阶段，各种规章还没有现在这样严苛和完善，所以运作相对容易，招生考试环节也相对宽松。由此，一批在文坛已崭露头角的青年作家，便被不拘一格，悉数收罗。之前，他们中的很多人——除刘震云作为北京大学中文系77级的本科毕业生外——并未受过太正规的教育,他几乎是唯一一个出自正宗名门。余华只是在浙江海盐上过中学;莫言之前虽有两年解放军艺术学院文学系的学习经历,但更早先却是连中学教育未受完整;严歌苓、迟子建等差不多都只是受过中等专业教育。其他人我们未做过严格的统计,但可以肯定,其中大多数未曾上过大学。然而不容置疑的是,这些人是那时中国文学最具希望的一批,是青年作家中的翘楚,是未来文坛的半壁江山。从这里出发,二十年过后,他们的确未负众望,为中国文学争得了至高荣誉,也几乎成为一代作家的代言人。

很显然,这成为北师大和鲁迅文学院一个共同的记忆,一笔不可多得的财富,无论从哪个角度看,他们都是两所学校引以为豪的历史。在这样一个背景下,重拾昔日文学教育的前缘,找回这一无双的荣耀,也就是很自然的事情了。

因了以上的缘由,2016年,北师大校方经过认真研究,参考过去的合作模式,从全校不多的单招单考的硕士名额中拿出了20个,交由文学院和国际写作中心,来寻求与鲁迅文学院合作,并在中国作家协会的大力支持下,于2017年秋季正式招收了"非全日制"学术型文学创作硕士研究生。为了省却过于烦琐的学科规制,我们在"中国现当代文学"专业的二级学科下,设立了"文学创作方向",并采用了"学术导师"加"创作导师"联合授课的培养模式,以给学员创造更为合适和充分的学习条件。鲁迅文学院则为他们提供居住和学习的物质条件,以及日常的管理,并拟在培养方案中结合鲁院的讲座制培养模式,两相结合,尽显特色互补的优势。

　　同时还必须指出，有几位至关重要的人物支持了这项事业：时任北师大的校领导，特别是董奇校长，对推助写作中心的文学教育工作给予了大力支持，在制定相关体制机制方面也给予了诸多指导。晚年在病中的童庆炳教授，多次勉励我们，要传承好过去的经验，大胆探索，争取把工作尽早落到实处。中国作家协会，作协党组，特别是铁凝主席，也给予了热诚关怀，时任书记处书记、分管鲁迅文学院工作的吉狄马加同志，则在工作中给予了非常具体的关心和指导。

　　参与该项工作，制定合作规划、培养方案、课程体系，以及日常服务管理等诸项事务的，便是本文的两位作者：时任鲁迅文学院常务副院长的邱华栋和北师大文学院负责研究生教育的副院长兼国际写作中心执行主任张清华。整个过程中，要想实现两个职能完全不同的单位之间的密切合作，在所有培养工作的环节上都无缝对接，是一个至为琐细的工作，难以尽述。好在这不是一个"工作汇报"，我们在此也就从略了。主要想说明的是，两校之间目前的合作进行得非常顺利，一切都在愿景之中。

　　迄今为止，该方向的研究生已经招收了三届，共56人。从总体情况看，达到了预期的要求。在学员中，有鲁迅文学奖获得者乔叶、鲁敏，有多位全国少数民族文学奖获得者，有"70后""80后"广有影响的青年作家，像东紫、杨遥、朱山坡、林森、马笑泉、高满航、闫文盛、曹谁、曾剑、王小王，等等，他们在文学创作上都已经有了相当出众的成绩，或是十分丰富的经验，然而他们共同的诉求，又都是对"充电"的渴望，有成为大家的梦想，所以因了冥冥中某种命运的感召，汇聚到了一起。

关于文学教育，历来也是分歧明显众说不一的。有人坚称"大学不培养作家"，这话在一定程度上是对的。大学的使命很多，成败的确不在乎是否出产了一两个作家。但这话的"潜台词"值得商榷——其意思是有偏见的或轻蔑的，是说"你培养不了作家"，"作家不是谁都能培养出来的"。这当然也对，没有哪个大学敢说自己"培养"了几个作家，而只能说，他们那儿"走出了"哪些作家和诗人。但这么说是否意味着文学教育的无必要呢？似乎也不能。因为按照上述逻辑，我们也可以反问，大学不能培养作家，难道就可以"培养"经济学家、政治家、科学家和法学家吗？谁又敢说他们"培养"了那些伟大和杰出的人物呢？

很显然，各行各业的杰出人才，都是很难通过"订制"来培养的。但从另一方面说，大学又必须为人才提供成长和受教育的条件，从这个角度看，宣称大学"不培养作家"又是不负责任的。回顾当代文学的历史，文学的变革和作家的成长，与大学教育的恢复和发展密切相关。"文革"及"文革"前大学教育的草创和荒芜时期，也出现过许多作家，但他们要么是从战争年代的洗礼中锻炼出来的，要么是在长期的自学中成长起来的。因为没有条件受到良好的教育，他们的文学道路多舛，艺术成长和成就也都受到了限制，这是人所共知的常识。正是"文革"后教育的全面恢复与发展，才使得文学事业出现了人才辈出蓬勃兴旺的局面。

所以，正确的理解应该是，作家是无法培养的，但文学教育是必需的。当然，文学教育对于高校而言，其目标确乎主要不是"培养作家"，而是为所有学生提供一个素质养成的环境条件，这才是成立国际写作中心、引进著名作家执教的核心意义所在。换句话说，能不能出产一两个作家或许不是最重要的，其培养的人才是否具备写作的能力，能否成为文学的内行才是重要的。传统的文学教育虽然有各种各样的问题，但是所培养的读书人大都是既能够研究，又可以写作的双料人才。新文学的早期，大学的文学教授也多是学者和作家两种身份集于一身的，之后才逐渐文脉不彰，大师不存，大学教育渐趋沦为了工具化和技术化的知识教育。

但无论如何，北师大与鲁院联办班的这一培养模式，其目标还是直接而干脆的，就是"培养作家"。当然，这培养不是从"育种"开始的，而是"选苗"和"移栽"的过程，甚至有的就属于"摘果子"。即便是后者也不是无意义的，当年莫言、余华、刘震云、迟子建等人，早在进来之前就是声名鹊起的青年作家了，录取他们无疑也是"摘果子"，但系统的阅读与学习，大学综合环境下的熏陶成长，谁敢说对于他们后来的写作没有助益？所以，我们坚信这一工作是有意义的。

最后再来说说这批作为"文学新势力"的新人。显然，他们大多属于"80后"至"90后"的一代，较之他们的前辈，这批新人的主要差异在于代际经验的不同。前代作家的成长期大都经历过历史的大波大澜，童年也大都有原初和完整的乡村生活经验，所以某种程度上还是受到"总体性经验"支配和支持的一代作家。莫言笔下的"高密东北乡"，可以说寄寓了他对于农业社会生存的全部感受和想象，也寄寓了他对于现当代中国历史巨变的全部记忆与理解，读之如读一部血火相生、正邪相伴、生死轮替、魔道互换的史诗。这种具有总体性和原生性的经验与美学，在下一代作家这里早已变得不可能，他们都命定地处在某种"晚生"和"后辈"的自我想象之中，不得不在碎片化、个体化的历史经验与记忆中探索前行。

这些都并非新鲜的话题，只是重复了前人既成的说法。但这也是所谓"新势力"的根基与合法条件，"新"在哪里，又何以成为"势力"，这是需要我们想清楚的。在我们看来，所谓"新势力"其实就是指：一是有新的文化特质的，他们在文化上所拥有的"新人"特色或许很难用一两句话说清，但一定是更具有个性、自主性和独立思考的一代，是拥有新知和新的经验方式的一代，是用新的思维与视角看待人生与世界的一代，是在网络信息时代生存和写作的一代；二是有新的美学属性的，这些属性自然更难以总体性的概括来描述，但毫无疑问他们是具有陌生感的一族，是难以用传统范型所涵盖和统摄的一族，是游走和不确定的一族，是空间化和个体性得以充分彰显的一族，当然，也是相对琐屑和相对真实，相对平和和相对日常性的一族。有时我们觉得是这样满足，但有时我们又会觉得，他们离着理想的文学，离所谓普世的"世界文学"的距离越来越近了。

旁观者说一千句，不及读者自己去观照、去体味其中的丰富和微妙。"总体性"之不存，我们的概括也自然显得苍白无力，不如读者们自己去一一打量和细细辨识。

看，这就是"文学新势力"，他们来了。

# "文学新势力"第二辑
# 出版说明

"文学新势力"第一辑于2020年初出版之后，引发了各界非常强烈的反响，也激发了文学创作专业的学子们更加高涨的创作热情。不只非全日制的"鲁院班"——北师大与鲁迅文学院合作招收的文学创作研究生班的同学，连全日制和其他专业的学生也纷纷发来他们的作品，希望能够加入这套文丛的后续出版。基于此，我们在当年，也就是2020年的下半年，又遴选了近二十部作品，经过专家与编辑的几轮精选，最终确定了第二辑的这十二部作品。但因为疫情等因素的影响，该辑的出版工作也一再延宕。现在终于面世，标志着我们的文学教育又有了新成果。

需要说明的是，本辑作品的构成，在文类上实现了多样性的变化。第一辑完全由中短篇小说集构成，而这一辑中，则有了超侠的科幻小说集、舒辉波的儿童文学作品集，有了闫文盛、向迅、曹谁等人的散文随笔集，同时也不再仅限于"鲁院班"学员，增加了毕业于全日制文学创作班的新锐青年作家，如目前工作于鲁迅文学院的崔君的小说集。从文类上说，该辑作品除了诗歌缺位以外，确乎显得丰富了许多。

另外，还须在此特别说明的是，截至该文丛出版之时，北师大与鲁迅文学院合作招收研究生的工作又延展了四年，至2023年，已招收了七届学员。负责鲁迅文学院工作的领导，也调整为吴义勤书记和徐可常务副院长；北师大文学院的领导以及研究生培养工作的负责人也发生了变更，所以本辑的编委会也做了相应的调整。

特别鸣谢中国作家协会张宏森书记，以及李敬泽、吴义勤副主席等领导的大力支持，也感谢北师大校领导以及文学院的大力支持；特别鸣谢济南出版社领导的鼎力托举。各方力量的凝结汇聚，才共同促成了此番盛举，为新一代青年学子和青年作家的成长营造了更好的环境。

2023 年 12 月

# 自 序

丁小龙

我常常梦见海，但从未见过真正的海。海，在我心中是象征与符号，是存在与时间，是生活与命运。我的内心住着一片海——在落寞之年，在荣耀之日，在祈祷之时，我会离开这块应许之地，向海的深处远航，以此来抵达召唤我的岛屿。是的，每个人都是一座岛屿，但连接我们的是同一片大海。写作，就是海上行舟。

作为从关中大地生长出来的孩子，我却偏爱有海洋气息的文艺作品，诸如伍尔夫的小说《到灯塔去》，德彪西的交响乐《大海》，安东尼奥尼的电影《奇遇》等。在这些作品中，海既是背景，又是主角；既是呼喊，又是沉默；既是表象，又是本真；既是有，又是无。这些带有启示录特质的作品，是如海般的明镜，照见了人间万象，并由此照见了我们自己。作为内陆岛屿的异乡人，我渴望写出拥有海洋气息的作品。海，是我的精神原乡。

然而，我并不渴望见到真正的海。因为关于海的想象，佑护过我，也刺痛过我。在我的世俗生活中，海是神圣般的存在。对于海的想象,最早追溯于祖父讲给我的那个遥远故事。在故事中,祖父逃离了村庄,穿山过岭,捕风听云,经历了种种磨砺和考验,终于见到了大海。他成为一名海上水手,过上了梦想中的生活,并由此见识了真实的人性与宽阔的世界。在闲暇时间,他会把自己在海上的所见所闻所思所想写进日记,并将其命名为《海上手记》。多年以后,他带着丰厚的收入与疲惫的身心返回关中大地,返回阔别太久的故乡。自此,他也成为故乡的异乡人。

在村庄,他成为唯一见过海的人,但他没有把海上传奇讲给他们。自此之后,他几乎没有出过村庄。他关闭了自己的心门。在疾风骤雨的日子里,他把那些日记塞进了火炉,看着那些文字幻为火焰,化为灰烬。他烧掉了自己的过去,也烧掉了自己的未来,而当下不过是通往蓝色虚空的浮桥。后来,祖父把那些海上故事讲给了我。然而,当我问他为何返回故乡时,他用长久的沉默作为回答。在他去世后,我把那些故事说给了祖母听。祖母摇了摇头,叹气道,他一辈子都没出过村子,咋可能见过大海啊。刹那间,我被祖父的光所照见,所启明。直到如今,我在写作密林中还会遇见那些光。写作,就是为光赋形。

这便是故事的魅力:在一片海上,你抵达了心灵的岛屿;在一个人身上,你通晓人类的秘密。于是,我们或是笃定,或是犹疑地讲故事,一个接一个,由此来反复确认自我的存在,世界的存在。在天地人神之间,这存在的奥义是哲学的道路,也是文学的道路,更是我们生而为人的共同道路。是的,我们走在各自的道路上,或歌或舞,或哭或笑,却终将在尽头再次相遇,再次拥抱,再次祝福。终点,也是起点。

然而，小说不只是故事，更是艺术。我把自己的每一部小说，都视为精神性的艺术作品。在每一部作品中，我都试图开拓新的写作疆域，而不是故步自封，深陷泥潭。小说生长于世俗，但不能深陷于世俗。真正的好小说，都具有超越性与神圣性，并越过时间之海，抵达命运之岛。一流的作品，书写了我们，照见了我们，并由此复活了我们。

我时常想起祖父的故事，想起那片我们都不曾见过的大海。甚至在好几个梦中，祖父把那本并不存在的《海上手记》交给了我，而我在他的日记中洞悉了人类的所有秘密。等我从梦中游了出来，祖父消失了，文字消失了，而眼前的黑暗如同夜色中的大海。是的，我听到了海的召唤，于是打开了文档，开始了新的远航。写作，就是梦中出海。

是的，存在是海，时间是海，人生也是海。我们的体内都有一片海。如何渡海，是一个人的艺术主题，更是所有人的命运主题。

2023 年 4 月 11 日

# 目 录

天涯倦客　1

渡海记　18

地下方舟　28

净土　48

圆觉　74

不如归　　89

北冥有鱼　　106

少年骑士　　126

浮士德奏鸣曲　　145

万象　　165

# 天涯倦客

一

过了八十岁后，德明老人总是梦见死亡，梦见死亡以勃勃生机的方式缠绕着他。

这个夜里，他又梦见了兴旺，梦见兴旺在迷雾中呼喊他的名字。等他走到跟前，却发现兴旺消失在迷雾中，不见踪影。周围满是肃杀般的荒芜，而他又必须走出这团团迷雾。不知走了多久，他又突然听到了兴旺的歌声，而迷雾也仪式般地从眼前退场。出现在他面前的首先是一棵大树，树上挂着很多具年轻人的尸体，他们穿着圣洁的白衣，没有血迹，没有污垢，却发出了混合着森林气味的腐臭味。他喊了兴旺的名字，其中一个尸体抬起了头，是没有眼睛和嘴巴的面孔。

在他转身逃离时，迷雾又重新出现，封锁了所有的路，将他团团围住，仿佛要给他戴上无形的枷锁。在快要窒息的瞬间，他终于从梦中逃离出来。除了黑暗，眼前空无一物，只有沉重的记忆负荷。

"要是死在梦里该多好，"他自语道，"那样就彻底解脱了。"

随后，他拉开台灯，靠在床上，回想着刚才的梦。在他的梦里，兴旺永远都是十七岁的少年，而他则是黄土已经埋到了鼻梁上的老汉。兴旺在十七岁时就死在了朝鲜战场上，肉身也被葬在异国的大山中，与很多战友埋在了一起，共同做伴。他原本以为自己也会死在战场上，成为英雄。那个时候，他不害怕死亡，因为隆隆的炮声与尸体的恶臭味让自己早已麻痹，而死亡就是住在体内的定时炸弹。然而，他却侥幸地活了下来，熬到了战争结束。

兴旺是他的发小，与他同年同月同日生，他们的母亲也是亲密的姐妹。他们离开孟庄时，两个母亲最大的愿望就是他们能一起回家。事与愿违，当他一个人回来，成为战场英雄时，他看到了兴旺母亲眼睛中的哀恸与崩溃。那个时候，他觉得自己身体的一部分已经死在了那个战场上。到如今，他以前认识的很多人都已经死了，变成尘土，不再被人提及，而眼前的这个新世界也容不下他这具空皮囊。

他的胃部又开始作痛。于是，他起身，从抽屉中取出止痛药，给自己倒了半杯热水。他抬起头来，凝视着墙上的照片，说道："唉，老婆子，你走了，我活着也没啥意思啊。"这是他与老伴唯一的合影，而老伴在五年前因突发脑出血离世，没有留下半句遗言。其实，并没有啥大不了的事情，毕竟过了大半辈子，该说的话早已经说过了。到了最后，他和老伴基本上都不需要语言上的沟通了，他们通过眼神和动作便知道彼此想要说的一切。他们的外貌也越来越像，甚至像是同一个人的两个分身。老伴走后，他没有想到自己居然活了这么久，但身体的另一半已经死掉了。

"老婆子，过段时间，我就去找你。"吃完止痛药后，他对墙上的照片说道。

最奇怪的是，他总是梦到以前的人和事，很多都是早已故去的人，却从来没有梦见过老伴。也许，她是以另外一种方式存在于他的世界。

他重新回到床上，凝视着窗外的夜色，等待着新的一天。如今，除了那些陈旧的记忆和诡异的梦以外，他好像真的一无所有了。回想着那些梦，仿佛是需要破解的启示录，而他也慢慢地领悟到了其中的奥义，明白自己该怎样去做。

## 二

第二天，德明老人早早起床，绕着村子转了一圈后，回到了家，稍作休息。简单收拾后，他又特意照了照镜子，抖掉衣角上的灰尘，擦掉眼角的疲惫，之后便出了门，去隔壁找明光。明光今年四十二岁，是村子里有名的光棍，没有结婚，也没有出去打工，只围着几亩地过活，也许是因为人过于实诚，被村里人喊作"二傻子"。但他从来不觉得明光是傻子，相反，他觉得明光比很多人活得明白透彻。他喜欢和明光来往，把自己的很多心事和往事讲给明光听。明光是一个很好的聆听者，从来不对那些事情做出道德评价。

他敲开了明光家的门。明光穿着裤衩和背心，两眼蒙眬，显然是还没睡醒。他一脸不高兴地嚷道："伯，这么大早，你找我干啥？"

"你忘了吗？昨个下午都给你说好了啊。"

"对，记起来了，伯要领我去吃羊肉泡馍。"

说完后，明光的眼睛都冒出了光，从懒散到欢快，不到三秒钟的时间。之后，明光转过了身，腾腾地跑回里屋，换上了短袖和凉鞋。随后，明光便跟在德明老人的身后，一起去村东头的羊肉泡馍馆。路上碰见了大儿媳菊花，面对面走过，连瞅都没瞅他一眼，更别说搭理他。对此，德明老人早已经习以为常。对他们而言，他是没用的废物罢了。

到了泡馍馆后，德明老人给明光要了大份的水盆羊肉，并且多加了两个饼，而他呢，只要了小份水盆羊肉和一个饼。这么多年以来，他最爱吃的还是水盆羊肉。每当自己气不顺的时候，水盆羊肉就成为治愈他的唯一良方，比任何良药都管用。很久之前，他也能吃上四个饼，而如今，这一个饼都成为挑战。他不得不承认，自己身体的各个零件都在老朽腐败，包括那颗坚不可摧的心脏。他吞下一口馍，胃部就有种隐隐作痛感，而他又必须故作镇定，假装一切都没有发生。他不知道该不该将心中的秘密讲给明光。于是，他放下了饼，喝了一口汤，味道很淡，而他也知道，是自己的味觉出了问题。明光并没有注意到他的反常，而是独自沉浸于美食当中，这让德明老人既欣慰，又失落。

吃完饭后，他领着明光去他家的后院。在后院的工具房中，大力蜷缩着身体，冷冰冰地躺在地上。虽然死了不到一天，整个身体却缩小了一大圈。德明老人是在昨天晚上才发现这个事实。他早已经预料到这个结果。毕竟，大力太老了，而且已经有三天没有进食了。前几天，德明老人原本把拴绳解开了，想还给大力自由。然而，大力哪里也没有去，在后院转了转，又回到了工具房。也许是因为太长时间没有出去了，大力对外面的世界已经有了恐惧感，而被绳索拴在后院，对它而言，或许是最大的自由。最近半年来，在德明老人的记忆中，大力都没有嚎过半声。如今，大力死了，德明老人没有悲痛，更多的是一种无奈。

大力是陪他生活了十一年的狼狗。年龄越大，时间过得越快。如今，在德明老人的记忆中，大力还是刚出生不久，活蹦乱跳的小狼狗。刚开始的那几年，他还带着大力到处转悠。后来，大力因为咬伤了村里一个小孩，差点被那家人活活打死。之后，德明老人便把大力拴在后院，以此作为惩戒。刚开始，大力还不适应，每天都扯着脖子试图冲破枷锁。一次又一次的失败后，大力放弃了挣扎，慢慢适应了那狭小的空间。后来，甚至连他也忘记了重新打开那把绳索。如今，大力已经死掉，绳索也失去了意义。

"明光，你给伯帮忙把这狗埋了。"他说。

明光杵在那里，眼神迷离，好像被眼前的死亡景象所吸引。直到德明老人摇了摇他的胳膊，他才缓过神来，连连点头。随后，明光和德明老人一起把大力放在一个大麻袋中。德明老人绑住了麻袋口。之后，明光抱起麻袋，把大力放进架子车。最后，德明老人给车里放进两把铁锨。

他们上路了，明光推着架子车，德明老人则陪在身边，原本并不长的路，在此刻却显得格外漫长。在路上，免不了会遇见村人，大多数都是报以好奇的目光，或者是看热闹的神情，只有几个人凑上前来，询问架子车里到底装的是什么。德明老人并不说话，只用自己的冷眼，便击退了那些人的热情。他是村里有名的倔老头，脾气很坏，与整个村里的人几乎都没有交往。他讨厌那些人的势利眼和碎嘴，而村人们则将他和明光当作活着的怪物。很久之前，就有谣言说明光是他的私生子。德明老人从来不去解释什么，任凭他们胡编乱造，胡作非为。

出了村之后，他们大概走了二十分钟，来到了洛河岸边。明光把架子车停到了一棵歪柳旁。他们休息了片刻，便开始在柳树旁挖坑。明光是主力，德明老人没挖几下，便累得坐在树下，看着不断变深变宽的坑。幸亏有明光，不然的话，他谁也指望不上了，包括自己的三个儿女。

挖好坑后，明光也坐在地上，两个人沉默了片刻，不知道该说些什么。之后，明光起身，准备把装有大力的麻袋放进去。德明老人拉住了明光，说："把麻袋解开，这样它会好受点。"明光把大力从麻袋中抱了出来，放入土坑。有那么一瞬间，德明老人希望大力能突然醒过来，从土坑中跳出来。然而，奇迹并没有发生，死亡却早已降临。明光问他是否要对大力说最后一句话。他想了想，随之又摇了摇头。明光一锹接着一锹，很快便填满了那个坑。大力这么快便消失了，而整个世界并不会因此发生变化。唯一确信的是，这棵柳树会比往年长得更加旺盛。

午饭，他又领明光去村头吃水饺，明光吃了八两，而自己连二两都没有吃完。幸亏以前参加过战争，如今才能每个月领固定的补助，否则他都不知道该如何活下去。与村里大多数老人不同，他从来没有跟子女要过钱，或许这也是他能保持尊严的最后防线。在他的观察里，很多老人把自己的一生献给了家庭，丧失劳动能力后，却遭到子女们的嫌弃，在白眼中度过了最后的时日。有的不堪忍受，选择用极端的方式告别世界，不给子女留半点负担。因此，领着国家的钱这件事，让德明老人在村子里有着无形的荣光。

吃完饭后，他打算把自己的秘密告诉明光，然而，话到了嘴边，却终究没有开口。

## 三

每天晚上临睡前，德明老人都会和老伴说上几句话，即便老伴已经离开了这个世界。然而，他坚信她能听到他的话，只不过是以沉默的方式与他交流。

"老婆子，我要不要把这件事情说出来啊？"德明老人对着老伴的照片问。

整个世界因为黑夜而变得更加静穆，没有半点响动。他沉默了一会儿，又自语道："哦，我知道怎么弄了。"接着，他关了灯，还是无法入睡，心头上的石头在摇摇欲坠。他用手摸了摸自己的裸体，早年的健硕体魄已经烟消云散，只剩下一堆不灵活的腐骨。要不是因为这具老朽的皮囊，他与那些死者并没有太多的区别。他上过战场，见识过各种血雨腥风的事情，也早已认清了人心，所以，他从来不畏惧死亡。有时候，他甚至觉得，从战场上回来后，他已经死掉了一大半。他又想到了兴旺，想到了他朝气蓬勃的青春面孔。有时候，他甚至有些嫉妒这位死在战场的发小，特别是在自己遇到过不去的坎的时候。我要是在那个时候死了该有多好——他想，就不用受这么多罪。想到这里，他开始哼一首歌,虽然大部分歌词已经忘记了,然而旋律却相当清晰地回荡在心间。这个世界上,除了老伴,再也没有人听过他唱歌。他把最苛求最冷酷的面孔留给了外面的世界。也许,这便是那场战争留给他的后遗症。

"老婆子,我一个人活着太没意思了。"他对着黑暗说道。

胃部又开始隐隐作痛。他打开台灯,倒了半杯水,吞下了两片止痛药,随后又关掉了灯,平躺在床上,回想往事。奇怪的是,早年的事情有多么完整,如今的记忆就有多么破碎。他记得自己在五岁时,母亲第一次带他去县城看大戏,自己差点被人抱走这件事情。但是,他自己怎么也想不起来前两天做过什么事情。不过,在快要入睡时,他突然间顿悟,明白了接下来该做些什么。

次日上午,十点整,他拿起手机,拨打了二儿子家明的电话。响了很久,也没有人接听。对此,德明老人并没有多么失望,毕竟家明已经有两年没有和他联系了。除了每个月给他卡上打五百块钱生活费,这个儿子已经和他没有什么关系了。要不是因为自己脾气太坏,他现在或许和家明一家生活在成都,看看报纸,喝喝茶,遛遛狗,过着正常的老年生活。

家明是个有出息的孩子,考上了四川大学,最后又留在了成都,是某航空系统的高级工程师,如今应该也退休了,在家帮忙看孙子。德明老人在成都生活过半个月,因为脾气太坏,和家明一家人过不到一起,最后被送回孟庄。从那以后,家明没有再联系他,只是每个月给他卡上打生活费。

没过多久,手机响了,是家明打过来的,态度相当冷漠,言语中颇有烦躁，问他打电话过来干什么。德明老人原本想要把秘密告诉他，听到声音后，又立即改变了主意，只是说自己最近过得不错，不用他操心。

"到底有啥事情，能不能直说？"家明逼问道。

"对了，你以后不用给我打钱了，我的钱够用。"德明老人说道。

"你确定吗？"

"确定，还有，把你的银行卡号发过来，我这几年也攒了钱，你拿这钱给你孙子买玩具。"

接着，是好久的沉默，然后是挂断电话的声音。没过多久，他便收到了家明发来的短信，是一串冷冰冰的数字和开户行的名称。德明老人苦笑了一声，又长叹了一口气道："白养活这怂娃了，真是白眼狼。"在他准备出门时，大儿子家兴已经走了进来，笑脸盈盈的，而德明老人知道这个儿子要干什么。还没等家兴开口，德明老人便说道："你又没钱喝酒赌博了吧？"

"大，还是你了解我，你能不能再借我点？"家兴问道。

"光借不还，你啥时候还过呢？"德明老人说道。

"你是我大，我不找你，又能找谁呀？"

每一次，家兴都会说这同一句话。放到往常，听到这句，德明老人肯定会骂他是没出息的货。然而这一次，他什么也没说，只是让家兴在外面等着。他去房间，取了五百块钱，出来后塞给了家兴。家兴有点愕然，可能是因为德明老人的态度与以往截然不同的缘故吧。他对家兴说："大知道你缺钱，你回家后把你的银行卡号发我手机，我之后会把钱给你打到卡上。"

9

"大，你今儿个咋有些怪呢？"

"唉，活到这么大，很多事情想通了。"

"想通啥了？"

"等你到我这个年龄就明白了。"

他原本想让大儿子陪他去后坡上转转，还没等他开口，家兴兜着钱便离开了这里。不知为何，他突然又想起了老伴，想起了老伴那次撕心裂肺的痛哭。那是在多年以前，大儿子给大孙子举办婚宴，他们特意请来了县城的摄影师，照了一张全家福。然而，他们并没有让德明老人和老伴一起去照。也许正是这种无意识的举动，刺痛了老伴的心，儿子们已经把他们看成外人了，心里也早已经没有他们了。老伴在家里哭泣，他也不知道该如何安慰她。或许从那个时候开始，老伴再也没有为任何事情掉过眼泪。至少，德明老人从未见过。

午饭后，他独自一人去后坡上，那里有很多他熟悉的人。这几年来，村里的人越来越少，很多年轻人外出打工，把老人和孩子都撂在家里。有的人甚至搬出了孟庄，去县城或者更大的城市生活。与此同时，后坡上的坟墓却越来越多，占据了越来越大的地方。可以肯定的是，生活在孟庄的死者肯定比生者要多。前两年，有人提出要把这些坟迁走，还没落实，就已经淹死在村民们的唾沫星中。对于他们而言，死亡是一种威严，是庇护他们的神灵。

以前很短的路，如今却走得相当艰辛。每走一步，德明老人都觉得自己离死亡又近了一步。快到公墓时，他确信自己听到了死者们交谈的声音。当然，他知道这些只是他的幻觉，是自己即将步入死亡大门所出现的幻觉。很久很久之前，爷爷说能和死者们交谈，甚至能看见他们。当时，年幼的他并不相信这些。等他到了爷爷那个年龄，他相信了这种说法。他抬起头来，望着天边的孤云，仿佛看到了爷爷的面容。

他用了很久，才找到父母的合葬墓。他倒了半瓶白酒，在那里坐了很久，什么话也没有说。不知为何，他甚至已经记不清父母的样貌，家里连他们的照片也没有了，但是却清晰地记得他们的声音。尤其是在最近的夜里，他常常听到母亲召唤他的声音。随后，他又去了老伴的墓旁，同样没有说什么话。三年前在此种的玫瑰，如今开得相当繁盛，然而却没有任何香气。也许是自己的嗅觉退化了，他闻到的一切都带上了死亡的气味。

随后，他去了兴旺父母的坟旁，将剩下的半瓶白酒倒在了他们墓旁。他一直内疚没有把兴旺从战场上带回来。为了弥补羞愧，在他们活着的时候，他像儿子那样照顾他们，在他们死后，每年都会在清明时节来看他们。兴旺是他们唯一的儿子，也是他们老两口一生的心病。在失去劳动力后，他们共同选择在家里喝农药自杀，是他给他们举行了简单的葬礼，给他们竖了墓碑。在村子里，没有生活保障的老人选择自杀，仿佛已经不是什么稀罕事。甚至，他们会被标榜为某种道德楷模，因为无形中减轻了儿女们的负担。

离别时，德明老人对着坟墓说："这也是我最后一次看你们了。"其实，他想说的是："要不了多久，我就会见到你们了。"如今，他在这个世上太孤独了。他渴望与他们相见。

11

## 四

夜里躺在床上,病痛已经从胃部蔓延到全身各处,整个身体就像是快要散了架。为了止住疼痛,他一口气吃了四片止痛药。之后,疼痛才暂时地脱了身。所谓的身处地狱,大概也不过如此。更糟糕的是,身边连一个说话的人也没有。

等一切平息后,他的身上已满是盗汗。他并没有理会。放到以往,他肯定会去冲个澡,最起码也会用毛巾擦干净。一直以来,他都是以最严苛的标准对待自己,这或许是因为自己当过兵的缘故。刚上战场时,他是一个非常软弱的人,听到枪声都会吓破胆,没过多久,他便拥有了所谓的钢铁般的意志,什么都无法击垮他,甚至连死亡都无法摧毁他。战争结束后,他将这种苛求带到了生活中,得罪了很多人,是处处碰壁。后来,他才慢慢地明白,人世间堪比战场,甚至比战场更残酷,只不过这种残酷伪装成温柔静美的样子。在村子里,他也算是半个文化人,读过县里的中学,年纪大后,开始读那些古典作品。然而,很多大道理,他都是在生活中领悟到的,和书本没有多大关系。到如今,在生命的尽头,回顾往事,他才算是看清楚了生活的真相——原来生活本身是没有什么意义的,生活就是一场慢性自杀。

他躺在床上,周围的黑暗裹着他,让他暂时地忘记了自己。有那么一瞬间,他听到了河水的声音,如此清晰,又如此遥远。那是很多年前的某个夏日午后,自己刚过完七岁生日,父亲带着他去河里游泳。以前,父亲不允许他下河,说那里有河怪,专吃小孩的肉,专喝小孩的血。过完七岁,父亲却要教他在河里游泳。他有点害怕水,又要假装自己很勇敢。到河里后,父亲一直抱着他,忽然间便撒手,他扑腾了几下,便掉入水里,差点窒息。幸亏父亲及时拉住了他,保住了他的命。他哭了,但父亲并不理会他的恐惧,休息片刻后,又把他丢进水里,这样反反复复了好几次。在筋疲力尽的时候,他突然间适应了水,笨拙地游了起来。很快,这种笨拙演变成游刃有余。在离开河流后,父亲对他说,明娃,你以后就是大人了,不要随便哭鼻子,要有个大人样。当时,他并不理解这句话的深意,后来才慢慢地理解。再后来,父亲被人活活整死,他也没有为此掉下半滴眼泪。

今天是他八十五周岁的生日,没有任何祝福,也没有任何祈愿。整个世界已经将他遗忘。在他年轻时,总觉得自己是世界的中心,所有人都需要围绕着自己去转。如今,他才发现自己只是没有名字的尘埃,生或者死,都不会有人在意。想到这里,他内心更多的是觉悟,以及觉悟后的释然。

他什么也不想了,头脑中空空荡荡,唯一想做的就是被黑暗吞噬,或者成为黑暗本身。在战场上的时候,他也有过类似的想法。也许是药效的缘故,他很快便有了睡意。在梦里,他战死沙场,而兴旺则是那个活着的人。

次日上午,他去找陈森,算是一种和解,毕竟他们已经有整整二十年没有说话了。陈森也是他的发小,同样参加过那场战争,算是生死之交。然而,后来陈森的命运却发生了急剧的变化。陈森终生未婚,曾经因为思想原因而坐过牢,被流放到蛮荒之地;归来后,彻底变成另外一个人;再后来,开始笃信基督教,成为传教士,很多人因为他的启示而成为教徒。每周定期都会有教徒去他家里做礼拜。二十年前的下午，陈森来找他，想吸收他为教徒。那天，他的心情不悦，一口气拒绝了陈森。然而陈森并没有打算放弃，继续说服他，而他呢，一拳打到他的脸上，把他整个鼻子都打歪了。自此之后，他们的生活便没有了任何交集。即使路上碰到，也是当成陌生人，而这成为他多年来的心病。他一直想要道歉，却找不到合适的时机。

终于，他走到了陈森的家门前，敲了敲门，没人响应。在他打算离开时，大门开了，陈森错愕的脸上却有种奇特的喜悦。还没等他道歉，陈森便说道："你终于来了，我等你好久了。"

"对不起，那年打你是我的不对。"他说道。

"都过去了，我都忘了，你能来，我就很高兴。"

说完后，陈森给他们各倒了半杯清茶，两个人面对面坐着，却不知道从何说起。沉默是他们共同的语言。陈森的脸上满是平静，好像早已洞悉了生命的奥义。这样沉默了很久之后，他突然问道："我现在信教还来得及吗？"

"什么时候都不晚。"陈森说道。

说完后，他从桌上取出一本经书，然后递给他，说："你先从《福音书》开始读，之后，我会和你交流。"

德明老人点了点头，然后带着经书离开了陈森的家。他知道自己并不会去读经书，更不会信教，很多事情早已经来不及了。

午饭后，他叫上明光，一起坐出租车去县城的银行。之后，他查了自己的卡上共有七万六千多元，这是他所有的储蓄了。之后，他给三个子女每个人汇了两万元。最后，他把剩下的钱，全部转给了明光。明光满眼疑惑，问他为什么要这样做。

"我都是快死的人了,不需要钱。"

"不,伯,你还能活到一百岁。"

他笑了笑,什么也没说。之后,他们在县城吃了饭,然后又叫了一辆出租车,沿着原路回到了村子。一路上,他都没有说话,而是专心地看着窗外的风景。他的整个人生在镜面上一一闪现。他太熟悉这些人间风景了,心里没有半点留恋。

## 五

没想到这一觉竟睡到了正午。这是他这么多年睡得最长久,也是最安稳的一次觉。与此同时,没有任何梦,没有任何幻想,只是纯粹的深眠。原本以为自己会在深眠中死去,然而,他还是醒了过来,独自面对世界的荒芜,而这多少让自己有些失落。

起床后,他感觉自己的身体比以往轻盈了很多。如果能长出翅膀,那么,他此刻就能飞出这个村子,飞到自己向往的应许之地。因为这种突如其来的想法,他笑了出来,原来那种天真的想法从来没有离开过他。小时候,他就特别喜欢各种幻想,最常有的幻想就是长出翅膀,能够在天空中翱翔,俯瞰下面的世界。那时候,他的身体也是轻盈而纯净的,而眼中的世界则是多彩的神话王国。现如今,他的身体早已衰朽,也早已沾满了世间的污秽。是的,是时候要进行一次彻底的清洗了,洗掉身上的所有尘埃。

"老婆子,我很快就能见到你了。"他对着照片说道。

说完后,他用毛巾擦了擦他们唯一的合影。之后,他换上了一身新衣服——白衬衣,黑长裤,以及很久没有穿过的黑色凉皮鞋。这身衣服都是多年以前，老伴和他一起去县城的大商场买的。之前只穿过两次，一次是孙子的婚宴上，另外一次则是在老伴的葬礼上。这么久过去了，白衬衣的边角泛黄，黑长裤上也满是褶皱，至于凉皮鞋，则隐隐泛出霉尘的气味。这些都不重要了，重要的是，自己终于找到了再次穿上这身衣服的理由。对着镜子，他凝视着自己，恍惚间，忘记了自己的岁数，忘记了自己身处何地。等再次回过神来，发现自己的眼里含满泪水。

之后，他用冷水洗脸，用冷水洗掉心中无法言说的情感——不知道是悲哀，是喜悦，还是苦涩。然而很快地，一切都变得平静，整个世界也因此而变得平静。最终，他还是没有把自己的秘密告诉任何人，包括自己的老伴——也就是前几天，他去医院看检查结果，确诊为胃癌晚期。对于这样的结果，他没有惊恐，因为早已有了心理准备。在知道结果的当天，他就思索着如何有尊严地离开这个世界，而不是躺在病床上，忍受着剧痛，无法开口说话，身体扭曲腐臭。最可怕的是，遭受着子孙们的白眼与嫌弃。在村子里，他见了太多这种事情，而心中的骄傲不允许自己有这样的结局。他无法决定自己的生，却有权决定自己的死。

随后，他在家里转了转，把一切东西都归到原位。他铺开了一张白纸，拿起钢笔，准备在上面留下几句话，作为一种告别的仪式。然而，他想了很久，也不知道该写点什么，或者说，是否有写的必要。他喝了半杯水后，放下了钢笔，在纸上没有留下一个字。

他锁上大门，把钥匙放在门下，便独自上路了。路上有人和他打招呼，他并没有理会，而是一直看着通往终点的路。不知为何，身体的疼痛让他充满了力量，让他的每一步都走得更加坚实有力。即便听到有人呼喊他，他也没有再回头，所有的过往都没有让他值得留恋的地方。

每走一步，他就觉得自己距离平静更近了一步。他在心里默数着自己的步数。走了两千三百一十二步后，他来到了终点——洛河的河岸。他坐了下来，聆听着河水的声音，那里藏着时间的秘密。眼前的河流和七十年前的河流并没有变化，而坐在河岸的人已从纯真的少年变成了腐朽的老头。很多事情都变了，而另外一些更为重要的事情却始终没有改变。

突然间，他想到了七十年前的那个下午，他和兴旺一起在这条河里游泳。那时，时间过得很慢，慢到他从未有过死亡这个概念。如今，自己头脑中满是死亡的念头。

他站了起来，向河流走去，那里才是他真正的家。

# 渡海记

其实，比死亡更可怕的，是对死亡的恐惧。春梅已经想不起是从哪里看到这句话的，但是最近她已经体会到了其中的微言大义。特别是从四月开始，她经常思考关于死亡的问题。

在梦里，她回溯到时间的源头，回返到童年的种种场景，经常遇见那些亡故的亲人们，尤其是自己的父亲。在梦里，父亲会带着她在午夜飞行，会在千年榕树上给她讲述另一个世界的故事。梦醒后，她会忘记那些故事，只记得父亲恍惚的面容与飘浮的声音。然而，梦是比现实更真实的存在。在梦里，父亲曾带她去一个叫作欢乐谷的地方。在那里，所有的人只有欢乐，没有痛苦；只有享受，没有折磨。通往欢乐谷的唯一方式就是死亡，就是摆脱沉重的肉身。但是现在并不是去死的好时机，因为她在现世中还有过多的羁绊和不舍，尤其是她还狠不下心来放下自己的两个孩子。幸亏有梦的存在，她对于死亡的想象才多了几分瑰丽的浪漫色彩。听说很多人的梦都是灰色的，而她的梦是彩色的琉璃王国。

除了自己的女儿长安，她没有把梦告诉过任何人，包括自己的丈夫周铁男。与其说是丈夫，还不如说是她最亲密的陌生人。特别是近两年来，她和丈夫已经没有了多余的话，只剩下寥寥的肉身关联，仿佛是彼此的透明炼狱。近些日子以来，他们连这最原始的关联也荡然无存了，只剩下命运的阵阵哀乐。其实，春梅已经有七日未见到丈夫的踪影，甚至连她发给他的信息，都没有得到任何回应。她已经预料到暴风雨的到来，只不过她还不愿意相信自己的耳朵与直觉。前两天，对门的王婶专门跑过来，把她拉到墙角，告诉她铁男已经和镇子上有名的"面皮西施"袁美丽好上了。对于这件事情，春梅早已经有了耳闻，只不过是突然意识到自己已经沦为全村人的笑料。

第二天是周六，她领着女儿长安与儿子长乐，去镇子上找周铁男。他们原本打算坐着公交车去镇子，大概有三十分钟的路程。临行前，春梅突然间改了主意，带着孩子们去坐出租车。记得上一次坐出租车是五年前的事情了，那一次还是因为儿子半夜突发高烧。自从结婚以来，春梅总是精打细算地过日子，每一笔花销都是买生活必备品。她几乎没有给自己买过任何化妆品，最常用的便是大宝护肤品。然而这一次，她再也不想因此而为难自己。坐在车上后，透过玻璃，她看着窗外不断倒退的风景，内心也慢慢地被倒流的时间带走，不知道该如何面对接下来的人生风暴。

快下车的时候，她拿出包里的镜子，对照着看了看镜子。眼神中早已没了年轻时候的光芒，取而代之的是愁云密布的忧虑恐慌。下了车之后，她走在两个孩子的中间，向着镇子的那一头走去,而孩子们的影子像是她隐形的翅膀。虽然只有短短的五百米,但却是她走过的最漫长最凶险的路。

也许过了很久,他们终于到了这家名为秦镇面皮的店门口。还没等他们进去,一个矮个子棕色卷发的笑脸女人迎面走了出来,正准备说话,又将那些客套话咽了回去,脸色也由晴转阴,其间夹杂着电闪雷鸣。春梅原本打算扑上去,揪住这个狐狸精的头发,好好地把她教训一番,也算是为儿女出一口恶气。她毕竟不是农村的那些粗鲁的泼妇们,她有属于自己的行为准则。不过看到颇有姿色的袁美丽时,她心中高昂的斗志,也瞬间偃旗息鼓。不知为何,她不敢再去直视袁美丽的眼睛,仿佛面对的是无尽的深渊。还没等她开口,袁美丽便站在门口,喊了两声周铁男的名字。

再次见到周铁男,春梅的胸口像是挨了闷拳,不由自主地向后退了两步。也许是碍着袁美丽的脸面,周铁男并没有直接和春梅说话,而是拍了拍长乐的肩膀,问道:"你和姐姐来干啥呢?"长乐没有说话,而是推开了铁男的手,向后退了一步。长安清了清嗓子说:"爸,你跟我们回家吧,我们都没有生活费了。"长安说完后,春梅看到铁男眼神中的火焰熄灭成灰烬。还没等铁男开口说话,袁美丽走了过来,满脸桃花地笑道:"你们赶紧进来坐,我给你们做午饭。"就这样,春梅恍惚间便坐到店里,和孩子们一起吃袁美丽端上来的擀面皮和肉夹馍。不得不说,这是春梅吃过的最好的擀面皮。吃完之后,她心里的怨气居然散掉了一大半,而她也为自己的无能感到万分羞愧。

周铁男没有和他们一起回家,而是在街边拦了一辆出租车,把他们送上了车。春梅转过头，看到铁男正蹲在地上给袁美丽系鞋带。那一瞬间，春梅便知道一切都结束了。很多年前，在他们刚订婚不久，他也曾经为她那样系过鞋带，是第一次，也是最后一次。

回到村子后，她去找自己的婆婆，希望婆婆能够给她做主，把周铁男从镇子上领回来。婆婆放下手中的韭菜，叹了一口气，说："你看我的腿，都走不动了，你们的事情我也管不动了。"说完后，婆婆继续忙手中的活，手上的老茧里仿佛囚禁着死去的蝴蝶。婆婆确实老了，前两年还经常出去打零工，没日没夜地为这个家忙活，后来不小心在瓜地里摔了一跤，从此右腿就落下了病根，再也不能去地里干活，每天做的最多的事情，就是围绕着锅灶盆碗忙活。

其实，春梅是理解婆婆的，毕竟相处了将近二十年。婆婆任劳任怨，沉默寡言，所有的心力都放在这个破碎之家，放在三个不成器的儿子身上，最后收获的却是一次接着一次的失落与挫败。她期待三个儿子都能考上大学，最后可以走出孟庄。结果，三个儿子在学习上都不开窍，初中都没有毕业，便卷着铺盖早早地滚回了家，成了面朝黄土背朝天的农民。也许，婆婆早已经对这个世界没了希望，因为她的眼神中已经没有了光芒。以前，春梅会在她身上看到自己未来的样子。如今看来，她甚至连这点资格也没有了。十多年前，因为鸡零狗碎的口角，周铁男把她按在地上，扇她耳光，差点掐死她，要不是因为婆婆及时出现，她估计连命也保不住了。那时候，婆婆当着春梅的面，给了周铁男两个耳光,然后让他跪在她面前,磕头认错。从那个时刻起,春梅把婆婆当作自己的靠山,把自己的很多心里话都讲给婆婆听。然而,时间改变了所有人的容颜与境遇,春梅虽然在这个村子里生活了将近二十年,但越来越觉得自己只是一个外乡人。

从婆婆那儿离开后,她又去找自己的公公。还没等她开口说话,公公便知道她的来意,说:"你们的事情我都知道了,昨天刚给铁男打过电话。等他回来了,看我不打断他的狗腿。"说完后,公公又开始盯着电视上的宫廷戏。春梅心里很清楚这都是托词,也不好说什么,于是便从他的房间退了出来。

下午,她带着女儿去果园里锄草。也许是很久没有照料的缘故,这里荒草丛生,满眼荒凉,脚下也尽是些蚂蚱与蛐蛐等虫子。这四亩梨园种了快有十年了,而孩子们的生活费和学费就指望这些酥梨。近几年,酥梨也卖不上什么好价格,大概也只能收回些成本。铁男前两年就说挖掉这些梨树,然后种上西瓜和棉花,肯定能多一些收入。像很多事情一样,铁男的话也只是说说罢了,几乎没有落到实处。她也不知道自己为何会嫁给这样一个又懒又滑的男人。到如今,自己越来越离不开这个家了,而他却在外面鬼混,有了其他的女人。她已经亮出了自己的底牌,而他似乎并不在意,可能是因为他的心里早已经没有了她。前段时间,他因为开摩托车出了事故,摔断了胳膊,当时的她除了抱怨之外再也没有其他的慰藉,而袁美丽则在关键时刻一次性给他转了两万元,这或许是整个事件的真正导火索。在情感上,她是一个后知后觉的女人,或许是她拱手把自己的男人交给了别的女人。

　　还没干多久,女儿突然哭出了声。春梅放下锄头,拍了拍女儿的肩膀,不知道该如何安慰,于是陪着女儿默默流泪。过了一会儿,女儿质问道:"要是你俩不过了,我和乐乐以后该咋办啊?"还没等春梅开口说话,女儿又补充道,"要是你以前没生我,那该有多好。"这句话太耳熟了,因为春梅以前跟母亲说过一模一样的话,甚至和女儿此刻的表情也如出一辙。在女儿的身上,春梅看到了时间的晃影,看到了曾经的自己。于是,她抑住心中的苦涩,平静地对女儿说:"不管怎样,我都会供你们读完大学。"

　　夜晚,孩子们都去婆婆家睡觉了,春梅拿起了手机,准备给铁男发一条信息。写了长长一段话后,她又反复修改了好几遍,结果却越改越糟,始终词不达意。于是,她删掉了信息,直接拨打了铁男的电话。响了几声后,听到的是铁男拒接的提示音。也不知从哪里来的勇气,春梅再次拨打了他的电话,迎接她的是同样的结果。反反复复了七次,铁男终于接了电话,一上来就是对她一顿臭骂:"你这个疯女人,不要给我打电话了,再打就把你弄死。"春梅笑了笑说:"我死,也不会让你好活。"于是,便挂断了电话,心中的怨气也消散了一大半。

　　随后,她去洗了一个温水澡。洗完后,她并没有立即上床睡觉,而是裸着身体,对照着房间衣柜前的大镜子。她已经有好久没有仔细看看自己的身体了。或者说,她害怕面对赤裸无助的自己。此时此刻,她突然想要仔细地看看镜中的自己。她怀念自己的少女时代,那时候的肉身是如此纯洁美丽,像是初春还未开放的梅花。如今的自己,仿佛是落入泥土,归于泥土的花魂。在自己的身体版图上,留下了铁男众多的破坏痕迹。她摸了摸自己的肋骨,因为那里有两根肋骨曾被铁男踢断过;又摸了摸大腿,因为那里有铁男留下的刀疤;随后,她把目光放到了自己的胳膊上,因为那里有铁男喝醉酒后,用烟头烫出来的"梅花烙"。她张开了嘴,又看了看那两颗可笑的搪瓷门牙。在他俩的关系中,她始终处于弱势——他步步紧逼,而她则除了这些显性的伤痛之外,更多的是无数的隐形伤疤,是看不见的精神折磨。她有无数个理由去离开他,离开这个家,然而,她重新回来的理由却只有一个——她无处可去,无爱可诉。她害怕外面的世界,也害怕内心的世界。此刻,她特别想念自己的父亲,想到他曾经说给她的话——人这一辈子,就是渡海啊,没有谁能逃过劫难,躲过灾难。春梅最大的愿望就是赶紧过海,到达彼岸。

又过了两日,铁男把袁美丽带回了这个家,还让春梅给他们准备饭菜。这对于春梅而言,算是公开的羞辱,已经触碰到了底线。春梅当然没有去做饭,而是放下矜持,像老虎一般把袁美丽扑倒在地上,她们互相撕咬,互不退让,而铁男站在旁边,露出了猎人般的冷笑。他一定没有想到春梅会爆发出如此巨大的力量。没过多久,他站在中间,把两个缠绕在一起的女人分开,然后又一把推倒了春梅。那个瞬间,春梅听到了头颅中地裂山崩的声响。也就是从那个时刻起,春梅的心彻底死掉了。而这件事很快传遍了孟庄,她一时间成为全村人的笑料。

出院之后,她去了娘家,去找自己的母亲。娘家是在镇子南边的和平村。母亲依旧住在以前的砖瓦房里，而大哥和他家里人则住在前面的新楼房里。母亲得了老年痴呆症，已经不认得春梅了，把她唤作是莉莉，而春梅也应声答应了下来。莉莉是春梅的小姨，两年前因为胃癌去世。在正午的时候，春梅在院子里帮母亲洗了头发，之后又带着她去村东头剪发。一路上，母亲都在低声细语，说着过往的事情。回去的时候，她撞见了大嫂，微笑和气的问候中是嫌弃的语气。春梅突然意识到，这里已经不是她的家了。随后，她把准备好的五百块钱交给了嫂子，让她好好照顾母亲。嫂子一把接过了钱，语带讥讽地说："就算你不给钱，我都会照看好咱妈的。"

晚上，春梅和母亲睡在炕上，听着外面的夜风呢喃。她把自己的心事讲给母亲听，母亲没有回应，而是一直唠叨着自己的往事。不管如何，春梅说了自己的绝望，即使母亲没有听到，风会听到，夜会听到，所有绝望的灵魂都能够听到。记得很多年前，她离开了那个家，来到母亲这里，发誓不和周铁男过日子了。然而刚过了三天，母亲又原原本本地把她送到了周铁男的身边，并且让周铁男发誓不准再欺负自己的女儿。周铁男当然答应了母亲的请求。现在回想起来，所有的誓言都比不上山间的夜风。没过多久，她听到了母亲轻轻的鼾声。母亲从来没有离开过这个镇子，而春梅也像是被命运的长线捆缚在这里，动弹不得。

她又梦见了父亲。父亲说要带她去欢乐谷，问她是否做好了准备。她问父亲如何才能够再次飞翔，像少女时代那样在梦中无忧无虑地飞翔。父亲说："除非你忘掉自己的重量，否则只能在泥潭中越陷越深。"她又问父亲如何忘掉重量，父亲没有说话，而是慢慢地消失在了空气中,像是水消失在海洋中一样。

在她的记忆里,这是自己唯一一次深灰色的梦。

春梅已经在长安城生活四个多月了。刚来的时候还是炎夏的末尾,如今已经转为凛冽寒冬,仿佛她的心境一般,从热情到冷寂,从万物葱茏到荒草萋萋。不过庆幸的是,她和表姐晚上住在有暖气的宿舍里,比村里的寒冬要好熬一些,不用烧炕,不用生炉子,不用担心生冻疮。而她呢,经过内心的种种煎熬,终于过上了一种简单明澈的生活。至少,表面上看起来如此。

自从和周铁男离婚后,她便跟着表姐来长安城打工。她们在一家火锅店做洗碗工,每个月两千四百块钱,包吃包住,每周有一天的休息时间。相比于农村繁重的劳动,这些活都不在她的话下,唯一不好的地方可能就是要看着别人的脸色过活。她和周铁男是协议离婚的,他给她一次性支付五万元。因为她居无定所,所以两个孩子都跟着父亲生活,而她则要负责女儿长安的学费和生活费。那一天,在坐上公交车后,她转过头,看着越来越远的孟庄,知道自己再也回不到过去的生活了。想到自己漂浮半生,却没有了家,她的眼泪默默地流了下来,流到了嘴角,流到了心底。她觉得自己已经尝到了生活最苦涩的部分。剩下的日子,她想把自己完全交给时间。她觉得自己就是一颗没有名字的尘埃星球。

没想到的是,她很快就适应了大城市的生活。每一周的休息日,她都要出去走走看看,长了很多的见识。当历史博物馆、海洋公园、大唐芙蓉园、大雁塔等等,这些原本遥远神秘的地方出现在她眼前时，她觉得自己当初所做的决定是正确的，毕竟还有好多的地方自己没有去过，好多的风景自己也没有看过，好多的音乐自己也没有听过。以前，她总是小心翼翼地为他人活着，如今，她只想让自己成为更好的人。每次抬头看到天空中的浮云时，她都会想到自己的父亲，想到过往的生活。

有一天夜里，她梦到自己全裸着身体，站在白色的帆船上，听着海洋的呢喃，看着越来越近的水晶岛屿。这是她生平第一次在梦中独自渡海。越接近海岛，越感到寒冷，但是她却找不到自己的衣裳，只能赤裸地面对海洋。在快要接近岛屿时，她却从梦中清醒了过来，原来是窗户没有关好，风从户外吹了进来。不过，她从风中辨别出了一种似曾相识的气味。于是，她摸黑打开了床头灯，然后走到了窗口。原来，外面下雪了，整个长安城都下雪了，所有污秽的一切，破碎的一切，以及一切的一切，都被突如其来的大雪覆盖住了。

从小到大，她最喜欢的就是有雪的日子。看到眼前的一切，她似乎忘记了寒冷，流下了热泪。

# 地下方舟

一

明天,他就要离开这个名为白鹤滩的地方了。不知为何,内心却涌出了种种不舍。越是临近终点,这种感觉也越发强烈,毕竟整整十年了,多多少少还是会有感情的。

这么多年了,他每天想的事情就是赚足够多的钱,然后离开这个糟心之地。刚开始以为待上两三年就好了,结果是挣的钱越多,家里的开销也越大,只能维持最基本的运转。后来,他咬咬牙,在这里又窝了五六年。最后的成果就是,他给家里盖上了二层楼房,也置办了新的家具和家电,几乎花光了所有的积蓄。也是在那个时候,女儿梦妮考上了一所三本院校,媳妇的意思是让梦妮去福建一带打工,而他则坚持让女儿去那所院校读书。因为他自己就吃过太多没有知识没有文化的苦头,遭过很多人的白眼,他不想让这样的悲剧重新降临在女儿的身上。也是在那个时候,媳妇刚生下二女儿梦楠,精神状况不佳,而家里又多出了一大笔支出。于是,他决定继续待在白鹤滩,直到女儿梦妮大学毕业。如此一来,他倒数着过日子。直到前段时间,他收到了女儿顺利毕业的消息，百般滋味涌上心头。整整十年了，他已经找不出留在这里的理由了。

是时候离开这里了。

刚来的时候，他还算是一个脊梁笔直、眼神清澈的年轻人。如今，他已经四十五岁了，整个人也仿佛被某种东西所抽空，变得浑浊又干瘪。他几乎不敢直视镜中的自己。更可悲的是，这里连一面干净的镜子也没有。他们在这里甚至连名字都不需要，脸面更是不值一提。再说，长久在地下挖煤，不见天日，脸上好像总是沾满煤渣，再怎么洗，也洗不干净。

这么多年过去了，他早已经习惯了地下生活，身体也习惯了地下昏暗阴冷的环境。每天进入通往地下的地道时，他都祈祷能活着出来，后来，这种祈祷也成为地下生活的重要部分。毕竟，他还算是幸运的，虽然也经历了三次矿难，但都侥幸活了下来。在白鹤滩，到处都是私人煤矿，有人死于矿难的消息也见怪不怪。慢慢地，他对类似的消息也变得麻木，然而一旦到了夜晚，特别是有风的夜晚，他仿佛能听到亡灵们的耳语低喃，仿佛是母亲曾经唱过的歌谣。他没有把这种通感的能力告诉任何人。再说，他也不知道该说给谁听。于是，他把自己的秘密讲给夜晚的风，也只有风能听懂他的故事。

说实话，他并不害怕死亡，或者说，他已经为死亡做好了精神准备。如果死于矿难，至少家属可以得到一大笔钱，而他也算是为家庭尽到了该尽的义务。特别是在自己筋疲力尽的时候，这种期待死亡的想法变得更加强烈——他早已经厌倦了日复一日的生活，只有突如其来的死亡才可以让他完全解脱。然而，他又很快否定了自己这种可怕的念想，毕竟他还有媳妇，还有两个孩子，她们都需要他。至少每次往家里打钱时，他还会觉得自己是一个有用的人，而那也是他短暂的欢乐时光。

明天就要离开白鹤滩了，老板已经给他结完了所有的工钱，并且说他随时都可以回来，这里需要他这样的工人，这里也一直是他的家。说完后，老板主动走上前，与他握手道别。这是十年来，老板第二次与他握手，第一次则是他刚来到矿上的那个下午。出门前，老板送了他一盒软中华，作为一种告别的方式。

从老板那里出来后，户外的太阳也变得格外刺眼。以前，他头脑中想的都是去挣钱，去领钱，去省钱，去打钱，所有时刻都与冷冰冰的钱捆绑在一起，自己就是钱的奴隶。今天是在白鹤滩的最后一天。他长吁了一口气，缓缓吐出，之后坐在一棵泡桐树下，凝视着天边的云彩。这么多年过去了，他终于摆脱了地下生活，终于可以心平气和地观看眼前的风景。

回到宿舍后，张鹏和王五都不在，只有立哥一个人坐在板凳上抽烟。见他进来后，立哥递给他一根烟，然后帮他点燃。接着，两个人沉默地抽烟，就像往日一样。这种沉默就是他们日常最多的交流。

立哥今年五十二岁了，是四川绵阳人，在这里已经干了快二十五年了。立哥平时寡言孤绝，最大的爱好可能就是独自哼着别人听不懂的曲调。也许立哥是他在白鹤滩唯一的朋友，也是与他相处时间最久的人。十年来，他们一直住在同一个宿舍。刚开始，立哥把自己包裹得很严实，不愿意与他有过多的个人来往。刚来的时候，宿舍只住了他们两个人。也许是因为太寂寞，每天晚上,他都会给立哥讲自己的故事,而立哥几乎没有回应,只是偶尔敷衍两句。事情的转机是从一个冬夜开始,那天刚好是休息日,立哥从镇子上买来了牛肉、花生米、下酒菜以及白酒。晚上的时候,立哥主动邀他喝酒聊天。那个冬夜,天格外冷,风好像要把西伯利亚所有的寒气都吹进他们的骨头。宿舍里当然没有暖气,连生火的炉子也没有,但也允许他们在规定时间内使用电热毯。那个晚上,立哥喝了很多酒,也说了很多话,而他认真聆听立哥所说的每句话。那个晚上,他才得知,立哥在外打工挣钱,而他的媳妇则卷走了钱,撂下了孩子,和另一个男人跑了。后来,女人专门回来,和他办了离婚手续。自始至终,女人都没有说出离开他的真实理由,而他也没有去挽留,去质问。他让女儿跟着她妈去生活,承诺每个月会寄给女儿生活费。自此之后,除了双亲的葬礼,他再也没有回过那个眼泪之地,而白鹤滩似乎是他最后的归宿。从那个冬夜开始,他们成为真正意义上的朋友,不是血亲,却胜似血亲。如今,他要离开白鹤滩了,最舍不得的人就是立哥。

"恭喜你,终于可以离开这里了。"立哥说。

"我回去后,还会联系你的。"他对立哥说。

"不用联系我了,你好好过你的生活,忘记这里吧。"

之后,他们都没有说话,而是各自抽完了一根烟。随后,他离开了宿舍,离开了矿场,步行去无定河。大约走了一个小时,他便来到了河岸,据说此地每年这个时候都会有白鹤落脚,然而这么多年过去了,他连白鹤的影子都没有见过。他坐在河岸边,等待白鹤的到来,等待明天的降临。

两个小时后,他离开了河岸,突然迷失了方向,不知道自己该去往何处。

## 二

母亲走丢了。得知这个消息后,他给妻子苏莉打了个招呼,接着便开着刚买不久的二手面包车去凤凰岭。一路上他都心神不宁,预感会有不好的事情发生。为了驱逐这种胡思乱想,他打开车内的音响,音响中传来的是他最喜欢的罗大佑的歌。他跟唱着那些老歌,一首接着一首。只有这样,他才能短暂地忘记心中的烦心事。

一个小时后,他来到了凤凰岭,见到了三个兄长。之后,他们分成两路,去找母亲。他和大哥开车去南边的镇子上找,而二哥和三哥则去母亲的娘家找。母亲得了老年痴呆症,前两年已有明显的症状,而今年更加严重,已经不认识她的四个儿子了,经常一个人坐在角落,嘴里嘀嘀咕咕,不知所云。上次回来看她,母亲拉着他的手,说:"庆娃,你终于回来了。"庆娃是他父亲的名字,而父亲已经离世三年了。他不知道该说些什么,只能连连点头。母亲早已不是那个强势多话的女人了,她的眼神中满是惊恐与疑惑。

一路上,大哥唠唠叨叨,变着法子地抱怨母亲。那些话让他心里很不是滋味,虽然自己并不喜欢母亲。转弯后,大哥还是不消停,说着母亲的种种不是。他终究没有压住心中的怒火,喊道:"别说了,妈把我卖给孟庄,你看我多说啥了没?"

说完后,他便后悔自己选用了如此可怕的词眼。大哥再也没有说话，脸色难看。这是他第一次朝大哥发脾气。记得小时候，大哥经常领着他们去外面玩，是他们的小头头。那时候，他最崇拜的人就是大哥，觉得他无所不能，觉得他是真正的英雄。然而如今，坐在他旁边的是一个黝黑消瘦的男人，眼神中满是疲态，以及对这个世界的厌倦。怎么说呢，大哥已经成了陌生人。

来到镇子后，他们把车停到了医院旁的停车场。然后，他们拿着母亲的照片，询问来来往往的人。以前，母亲喜欢坐公交车来镇子赶集，即使不买多少东西。这已成为她生活的重要组成部分，或者说，成为她劳累生活的短暂解脱。在父亲去世之后，母亲突然信了基督教，成为虔诚的教徒。她每天晚上都会诵读《圣经》，每周都会去镇上的教堂膜拜。听大哥说，即便后来记忆慢慢地丧失，她都没有忘记自己是教徒这件事情。

然而，母亲并没有去教堂，也没有在镇子上出现。路人们回应的都是摇头或者摆手。就在他们快要放弃之时，突然接到了三哥打来的电话，说他们在河边找到了母亲，现在带她往家走。大哥疲惫的神情中竟有半分遗憾，仿佛是自己输掉了一场赌局。在开车回家的路上，大哥坐在副驾驶，一言不发，头靠着椅背，眼神涣散。也许是为了缓解车内的尴尬氛围，他打开了音响，调到了音乐广播频道，里面传来的却是他经常在白鹤滩听到的那首歌。如今，他已经离开白鹤滩整整三个月了，那里仿佛已经成为遥远的回忆。然而，在近来很多梦里，他经常梦见那个地下世界，有时候是梦见矿难，自己被埋在了地下，却有着清晰的记忆。有时候，则是梦见自己爬着天梯，想要摆脱底下的深渊，然而，天梯越来越高，光亮越来越远。在另外一场梦中，他在河岸等到了白鹤，看到它们变成白衣少女，在河中央翩翩起舞。他从来没有把这些梦告诉任何人，包括苏莉。

回到家后，母亲坐在花园旁，抱着黑猫，喃喃自语。看到他后，她把猫放到了一边，然后站了起来，捋了捋头发说："庆娃，你回来了？"

"妈，我是你儿子东升。"他说道。

"东升是谁？"母亲问道。

看到母亲疑惑的神情，他突然间意识到母亲已经不认识自己了，而是将他错认为自己的父亲。是啊，村里很多人都说，在他们弟兄四个当中，东升长得最像他们的父亲。他曾经见过父亲年轻时的照片，两人眉目之间确实如同一人。

母亲拉着东升的手说："你回来了啊，这下不会再走了吧？"

他摇了摇头。之后，他陪母亲坐在花园旁，听着她前言不搭后语的唠叨。不知为何，他的内心反而涌出了半分喜悦，至少在此时此地，母亲还需要他的陪伴。

晚饭后，他给苏莉打了电话，说自己今晚待在凤凰岭，就不回孟庄了。苏莉只是冷冷地说："你不想回就不回，不用给我汇报。"挂断电话后，他内心还是会有点不舒服，虽然早已适应了苏莉的冷漠态度。随后，他们兄弟四人开了一瓶白酒，边看电视，边划拳喝酒，但是基本上没有什么实质性的话可以讲。母亲坐在一旁，一言不发地打量着他们。小时候，他们最喜欢的事情就是听妈妈唱民歌、讲故事，四个儿子换着法子争夺母亲的爱。母亲对他们的未来都抱有很大的期待，然而他们四人都不怎么争气,没有一个人考上大学,吃上国家的财政。四个人前前后后离开了凤凰岭,最后又前前后后回到了凤凰岭,像父辈一样,成为面朝地、背朝天的农民。当然,母亲从来没有因此事当面说过他们,但她失望的表情足以说明一切。他记得特别清楚,自己高中辍学回家的那个下午,母亲没有说一句话,脸色却异常难看,像是久久不散的乌云团。那天晚上,他听到了母亲在隔壁房间痛声哭泣的声音。以前,母亲最大的愿望就是和他的儿子去城市生活,哪怕是县城也成。然而,四个儿子一个接一个地让她失望,让她心碎。自从东升回家之后,母亲在村里说话的底气少了很多,整个人也因此萎缩了半分。她再也没有当众提过和儿子去城里生活,他们伤透了她的心。

晚上十一点,东升睡在大哥家二楼的卧室。窗户是开着的,夜风带来了初秋的讯息。虽然有点醉意,他却没有丝毫的睡意,于是翻着床旁的经书,而这也是母亲唯一拥有的书。于是,借着灯光,他翻到了《创世纪》,读完了关于诺亚方舟的故事。以前,母亲不止一次提到这个故事。她曾经说过,要是我们家也建个方舟,那该有多好啊。即便如今东升读完了这个故事,也并不明白母亲那句话的深意。

其实,东升对母亲依旧心存芥蒂,虽然他尽最大可能试图去理解她。如果他站在母亲的立场,也许会做出同样的选择——那是在他们家经济最困难的时候,三个儿子前前后后结婚,已经掏空了家里所有的积蓄,父母甚至为此举了很多外债。轮到东升的时候,他们已经无力给他盖房子,置办家具,娶媳妇。那个时候,东升是一个没有什么主意的人,一切都听父母的安排。在他二十三岁那年，媒人领着他和母亲去见了相亲对象。他和那个姑娘并没有多说什么，后来在双方父母的操办下，他们结婚了。与三个哥哥不同的是，他们的婚礼不是在凤凰岭举行的，而是在女方家所在的孟庄。他们家并没有给女方聘礼，相反，却拿到了女方家给的钱。就这样，东升成了苏莉家的上门女婿。

刚开始，东升并没有意识到问题所在，只当是换了一种形式，也给家里省了不少的开支。但现实比他想象中的要残酷太多。来到苏莉家后，他发现自己要矮人一等，岳父岳母总是变着法子挑他的毛病，家里的重活累活基本上都扔给了他，而所有的收入都要交给岳母来掌管，不允许他有私房钱。因此，他们是亲亲的一家子，而自己只是一个外人罢了，并且要时时看他们的脸色行事，特别是在花钱的时候。他仿佛活在监狱中，处处都是他人的眼睛。

后来有一次，他为了一点小事和苏莉起了口角。岳父二话没说，上来就给了他一个耳光。当时也不知从哪里来的力量，他一把将岳父推倒在地，这时候岳母和苏莉上来，将他的脸挖得稀巴烂。随后，他跑出了容不下他的这个家，跑出了孟庄，去了凤凰岭，向自己的父母哭诉。让他心寒的是，母亲没有安慰他，反而斥责了他，说他没有担当，说他没有男人样。之后，母亲便让父亲和大哥把他送回了孟庄，连一顿饭都没让他吃。也许正是因为如此，他有长达三年时间没有回凤凰岭，没有和母亲见面。他不仅无法原谅母亲，更无法原谅自己。也就是从那个时候开始，他学会了隐忍，学会了不动声色地生活，学会了如何恰当地隐藏自己的愤怒与痛苦。渐渐地，他觉得自己失去了所有的锋芒，成了隐形人。

如今，他早已经原谅了母亲，也原谅了自己。这么多年过去了，很多事情都变得面目模糊，分不清真伪，只有此刻的夜风是如此真实，如此神秘。他太累了，于是把经书放在了一边，关掉了灯，平躺在床上，聆听着夜晚的风声。那些过往的沉重生活，被风带到了未知的地方。在梦中，他看见了海上的方舟。方舟上没有一个人。

三

自从白鹤滩回来后，东升试图真正地融入孟庄，融入这个家庭，然而有一些无形的东西阻挡着他。也许是因为自己太过敏感，或者是因为自己常年在外，偶尔回来觉得亲切，然而，真正住在家里，他反而觉得生分与不适。这么多年过去了，本质性的问题并没有改变——他只是这个家的上门女婿，在关键问题上，他并没有真正的发言权。唯一能让他维持脸面的方式就是赚钱养家。

如今回到孟庄，他还是会有一丝安慰，毕竟家里的二层楼房、面包车、家具等都是他出钱盖的，置办的。与此同时，他与家里的关系也发生了微妙的变化——也许是年老的缘故，岳父岳母再也没有当面说过难听的话，也不会摆出难看的脸色，相反，他们有时候会假装聆听他的看法；而苏莉也很少与他争执，更不会吵闹，在遇到分歧时，她会立马打住，去做其他的事情。以前，苏莉是一个朴素又内敛的女人，基本上与外面的人没有多大的来往，而如今，她化着浓妆，穿着鲜艳的衣服，经常出门，和村里的女人们窝在一起打麻将。东升一直怀疑她背地里有了别的男人，但又没有找到蛛丝马迹来验证自己的猜想。以前，苏莉还会给他说说心里话，如今已经没有了更深层次的交流。他在她浓妆艳抹的妆容后，看到最多的只是疲惫的心。

最让他担心的还是两个女儿。小女儿梦楠还在上幼儿园，处处都要让他操心。每天幼儿园的校车将楠楠送回家，他就负责照看这个闹腾的孩子。不过，他很有耐心，从来不说孩子一句重话，而楠楠也非常喜欢他，只要在家里，就缠着他，让他陪她玩，陪她看动画片，给她讲童话故事。他所担心的是，楠楠长大后，他也老了，没法给女儿出钱出力。不过转念又想，儿女自有儿女福，他所能做的就是在自己的能力范围内，给她提供最好的生活环境；也庆幸自己有两个女儿，不用操心盖房子娶媳妇这些闹心事。

与小女儿梦楠相比，最让他担心的还是大女儿梦妮。大学毕业后，梦妮没有找工作，或者说，压根就找不到工作。于是，她回到孟庄，基本上是整日窝在家里，要么是手机不离手，要么就是端坐在电脑前。有时候，她会出门两三天不回家，说是去同学家玩。东升心里很清楚，梦妮是去县城找男朋友赵凯。赵凯是她的同学，高中辍学后，就在县城的锋锐商场上班。东升之所以了解得这么清楚，是因为他跟踪女儿去了县城，看到了她和赵凯在一起。后来经过多方打听，他最后弄清楚了赵凯的底细，甚至连他的工资收入、详细住址都摸得一清二楚。

如果放在以前，东升会立即制止女儿与赵凯交往。但梦妮毕竟长大了，有自己的主见。再者，梦妮和他的关系也越发冷淡,两个人基本上没有语言上的交流。但是她是他的女儿,他不愿意把女儿交给这种没有未来可言的男人。从面相上看,赵凯是个油嘴滑舌的花花公子,是个靠不住的社会浪子。当然,东升在寻找机会,来给女儿讲明一切,来承担一个父亲所应承担的责任。

事情的转机是在腊月初八的那一天。上午,两天不见踪影的梦妮突然回到了家,一句话也没有说,便把自己关在房间,独自哭泣。东升去敲门,问她发生了什么事情,梦妮什么也没有说,只是哭声慢慢地停歇了。苏莉从身旁经过,对他说道:"一天到晚就知道去外面疯,别管她,过两天就好了。"说完后,便听到梦妮在里面的回应:"你们都走吧,让我一个人待着。"听到这里,苏莉摇了摇头,去了外面。东升则敲了敲门说:"妮妮,你有啥想不开的就给爸说,不要钻牛角尖啊。"话音刚落,便听到了女儿的回复:"那么多年你都去哪了?现在回来装好人了!"

听到梦妮的话,东升在门口愣了好久,心里憋了很多的话,又不知道从何处说起。他走上二楼,点燃一根烟,吸入,然后缓缓吐出。在白鹤滩的时候,他已经戒掉了烟,日常繁重的体力活甚至会让他忘记了生活的艰难。然而回到孟庄后,他又离不开香烟带给他的短暂的欢愉。他抽烟很凶,每天一包才能让他紧张的神经和缓下来。最近,他经常咳嗽,严重的时候,感觉自己要把整个肺都咳出来。他怀疑自己是肺癌,但又不敢去医院做检查,害怕面对最坏的结果。其实,他也不是害怕死亡,而是害怕死后没有人保护两个女儿。他对苏莉并没有太多的信任,甚至已经没有了爱。

抽完烟后,他抬起头来,凝视着越来越近的黑云团,它仿佛是饥饿的怪兽,想要吞噬掉整个孟庄。天气预报显示今天有雪,不知为何,东升特别期待这场雪的降临,好像大雪能够覆盖自己的心事,能够覆盖所有的肮脏现实。

吃完午饭后,苏莉招来几个牌友,窝在家里打麻将。东升喜欢清静,又不想显得怪异,于是坐在牌桌旁看他们打牌,偶尔还给他们倒倒茶水。每到农闲时候,打牌便成为孟庄人打发无聊时间的重要娱乐活动。东升不喜欢交际,在孟庄这么多年以来,也没有结识几个真正的朋友。其实,他也不需要什么朋友,因为自己和别人也无话可说。更多的时候,他更愿意独自守在电视旁,调换各种各样的电视台,接收各种各样的信息。苏莉说他是一个电视人,而他也同意她的这种说法。是的,他宁愿听电视上的胡扯,也不愿意和人多说一句话。他害怕交出自己的心。或者说,他已经没有了心。

没过多久,梦妮突然从房间走了出来,表情冷漠,什么也没说便冲了出去。随后,便听到女儿和一个男人的争吵声,声音也越来越激烈,而男方威胁的语气中会时不时冒出几句非常难听的话。

东升走了出去,看见赵凯正拉扯着梦妮,而梦妮试图从他的怀中挣脱。看见东升后,赵凯愣在了原地,松开手,而梦妮则像是挣脱了蛛网的蝴蝶。也不知道从哪里来的力量,东升走上前,对赵凯喊道:"快滚出我家,不要再来找我女儿了!"赵凯面带嘲讽,冷笑道:"不是我缠着你女儿,是你女儿死活不放手。"也许是被赵凯嘴角的笑容激怒，东升走上前，给了赵凯一个耳光，并让他给自己的女儿道歉。还没等他反应过来，赵凯便一把将他推倒在地，骂道："你算老几，居然敢打我。"还没等到东升站起来，女儿便跟着赵凯离开了这个家，连一句话也没有留下来。那个瞬间，他听到了自己心碎的声音。

苏莉和那些牌友们都出来了，没有人安慰他，甚至没有人上前跟他说一句话。他们在窃窃私语，语气中尽是嘲讽和猜疑。是的，这么多年过去了，他们一直将他看作上门女婿，看作外乡人——自从母亲失去记忆后，他已经没有了真正的故乡。在他绝望无助的时候，小女儿梦楠跑了过来，拉着他的手说："爸爸起来，爸爸不怕。"在梦楠握住他的手的那瞬间，他终于没有控制住内心复杂的心绪，抱住女儿，哭出了声。苏莉并没有说话，而是转过身，领着牌友们重新回去打牌。

晚上九点钟，牌局散了，苏莉送走了那些牌友，东升也关掉了电视，与苏莉面对着面，两人没有什么话可以说。于是，他穿上了大衣，拿着手电筒，走了出去，却不知道自己该走向何处。

外面下雪了。他抬起头来，让片片雪花落在脸上，然后又因体温而慢慢融化。他拿着手电筒，摇摇晃晃的光线被黑暗所吸纳，只剩下稀疏的光亮。他在小时候，听祖母讲过一个黑暗地怪的故事，说是在雪夜里，地怪会从裂缝中爬出来，专门吃那些在黑夜不回家的孩子。小时候，他相信这个故事，相信地怪的存在，所以晚上从不出门。这么多年过去了，他见过很多比地怪更可怕的事情。如今的他，什么也不害怕了，甚至有点期待看见地怪。也许在别人眼中，他就是一个地怪。

不知过了多久，他来到了村里最大的榕树下，榕树上还挂着那个早已生锈的钟。敲钟人已死，过去的时间也不再回来。他冷得打哆嗦，突然间手电筒没有了电，眼前的黑暗将他团团围困，仿佛随时都会将他吞掉。他靠着树干，想着以前在白鹤滩的地下生活，觉得此刻的黑暗才是真正的黑暗，如今的生活才是真正的地下生活。

## 四

最近一段时间，东升总是做一个奇怪的梦——洪水来袭，孟庄面临着生死危机，而东升已经建好了一艘方舟，这艘方舟能让他们躲过洪灾。但是方舟只能容纳八十一个人，而孟庄有将近两千人，于是很多人向他求情，希望他能够带走他们。东升面临着道德上的种种考量，他并不知道自己该做出何种行动。每一次，在方舟即将坐满的时候，他就会从梦中惊醒。

他没有把这个梦告诉过任何人。他也弄不清楚这个奇怪的梦到底意味着什么。最后一次梦见方舟是在立春的夜晚，这次他们终于坐上了方舟，顶着暴风雨，离开了孟庄，去往更远更安全的地方。

也就是在立春的第二天，他收到了母亲去世的消息。大哥说母亲是在梦中去世的，走的时候，脸上还挂着笑容。听到这个消息后，他还是有点错愕，但没有半点悲痛。母亲生前最喜欢的便是诺亚方舟的故事。也许，他关于方舟的梦与母亲的死有着千丝万缕的关联。也许，母亲并没有死，而是去了别的地方，去了更远更安全的地方。

在母亲的葬礼上,他没有流下一滴泪水,也没有任何悲伤情绪。相反,他突然间理解了母亲大半生的沉默,理解了母亲当年为何让他去做别人家的上门女婿,也理解了母亲后来的宗教信仰。最后的那个夜晚,他为母亲守灵时突然间理解了这个终生劳苦的女人。身边没有其他人的时候,他把自己想说的话都说给她听,把自己这些年来所受的委屈通通讲给她听。他从来没有和母亲说过这么多的话。可悲的是,母亲再也无法做出回应。

母亲死后,他突然意识到自己成了无依无靠的人。母亲在世时,他总感觉死亡是距离他非常遥远的事情。参加完母亲的葬礼后,他突然觉得死亡就在自己的眼前,照镜子时,他发现自己老了很多,眼中早已没有了光芒。他想到了很久以前,母亲问他的梦想是什么,他说自己以后想成为飞行员或者航海员。母亲问他为什么有这种梦想,他说自己不喜欢陆地上的生活。这么多年过去了,他从未忘记自己儿时的梦想。可悲的是,到目前为止,他从来没有坐过轮船,也没有坐过飞机。他经常感觉自己不属于这里,而属于别的地方,一个自己从来没有去过的地方。他本来就不属于孟庄,如今,这种感觉也越来越强烈。

大女儿梦妮离开后,就再也没有回来。听苏莉说,女儿跟着赵凯去了福建一带打工,具体是什么地方,她也不清楚。以前,东升特别心疼自己的女儿,总是花钱给她买好吃的好穿的,自己多吃点苦倒也没有什么。他一直希望梦妮能够通过学习来改变自己的命运,没有想到的是,一切都落了空,梦妮甚至不愿意理会他。刚开始,他会难过,甚至绝望,随后,居然有种解脱感。至少,梦妮长大了,有了自己的生活,不再依赖他了。

事情的转折是从李俊峰借钱开始的。李俊峰是苏娟的丈夫,苏娟则是苏莉的亲妹妹。去年冬天,李俊峰染上了赌博的恶习,整日都在县城和那些所谓的兄弟们瞎混,地也不种了,娃也不管了,而媳妇则天天跟在他身后,陪他战"沙场"。有一天,李俊峰和苏娟上门来借钱,他原本想着理由去拒绝,然而苏莉二话没说,便从家里取了一万元,塞给了自己的妹妹。三天后,李俊峰和苏娟回来还钱,还多给了三千元,说是利息。苏莉抑不住心中的快乐,当天就带着家里人去镇上的饭店吃饭,还特意给自己买了件风衣。

三天后,李俊峰又来借钱,这次要借五万元,东升当场就摇了摇头,说家里没有那么多钱。但是,苏莉仿佛不在意他的看法,说钱在卡里,要去县里的银行取。于是,李俊峰开着不知从哪里弄来的奥迪,拉着东升和苏莉去县城取钱。东升想让他写个借条,却被苏莉当场顶了回去,说:"都是自家弟弟,这么见外干吗?"说完,便把钱一把塞给了李俊峰。之后,李俊峰请他们在县城吃了羊蝎子火锅。回家后,为了这件事情,东升和苏莉大吵了一顿,两个人整整三天没说一句话。借钱后的第五天,李俊峰又找到了他们,还清了五万元,还多给了一万元的利息。李俊峰走后,东升对苏莉说:"这些黑钱,我们以后再也不能挣了!"苏莉白了他一眼,说:"不挣白不挣,你就是个穷鬼命。"东升摇了摇头,不知道该说些什么。

又过了一周,李俊峰和苏娟又来借钱,这次的数目更大,需要十二万元。东升坚持不借,说他们家没有那么多的钱了,这也是实话。这一次,苏莉也摇了摇头,说确实没有那么多的钱。在他们走后,苏莉心有不甘,抱怨自己错过了最好的赚钱时机。之后,她从她父母那里借了两万元,然后非常郑重地对东升说:"再加上存折上的十万元就够了!"东升摇了摇头说:"这可是我们所有的家底,要是没了这钱,我们喝西北风去!"苏莉说:"以前不是也还上了吗?这次肯定没问题。"东升拗不过,便从了苏莉的意见,把钱给了李俊峰。

一周后,他们都没有见到李俊峰,于是便打电话询问。刚开始李俊峰还接电话,后来就电话也不接,短信也不回了。东升突然意识到这回出差错了。后来,再打过去电话,李俊峰和苏娟的手机都停机了。于是,东升和苏莉去他们家里找,家里的老人摇了摇头,说自己有小半年没见到李俊峰了。后来,他们又去了县城,找到李俊峰租住的地方,也不见踪影,房东说他们两天前就搬走了。没有办法,东升便给李俊峰的弟弟打电话询问他们的消息,最后弟弟支支吾吾地说,李俊峰输掉了所有钱,和他老婆跑了。至于跑到了哪儿,他也不知道。听到这里,苏莉差点晕倒在东升的怀里。命运堵住了他们的嘴。

回家的路上,苏莉脸色难看,不说一句话,而东升像是被抽空一般,内心满是怒气,却不知道该怎样释放。于是,他握紧自己的拳头,仿佛随时随地都会爆破的气球。回到家后,他瘫软在沙发上,心里空落落的。苏莉将所有的气都撒在了他的头上,质问道:"你为啥将钱借给他?明明知道他是个骗子啊。"东升说:"要怪也只能怪你,见钱眼开。"苏莉说:"那可咋办?现在家里一分钱也没有了。"东升又拨打了李俊峰的电话,依旧是停机。

随后，他把手机扔到了一边，蜷缩着身体，胃部有种难以言明的剧痛。他两眼乌黑，那个瞬间，他多么希望自己死去，希望自己不是人，做人真是一件又困难又伤心的事情啊。

又过了两天，李新生来到了孟庄，住在了他的家。李新生是苏娟的独子，今年刚过十八岁，辍学后便一直在家里闲逛。李俊峰和苏娟消失后，他也无处可去，便来投奔外公外婆。岳父岳母都特别心疼这个外孙，每天变着花样给他做好吃的，而东升从未受到过类似的待遇，他的岳父岳母从来没有真正把他当作自己人。奇怪的是，他竟然在李新生的身上看到了自己曾经的样子，也许是因为自己曾经特别期待有个儿子的缘故。

一个月又过去了，李俊峰和苏娟仍没有半点消息，而东升在无尽的等待中已经耗尽了所有的信念。与此同时，家里的积蓄所剩无几，而苏莉心情糟糕，每天都变着花样和他吵架。他越发觉得孟庄从来都没有接纳过他，都变着法子看他的笑话。他一直觉得自己的生活应该在别的地方，然而又不知道这个地方在何处。

有一个晚上，李新生陪他在家里喝酒，看电视。之后，他问李新生愿不愿意和他去外面的世界。李新生什么也没有问，点了点头说："这里太闷了，我早想离开这里了。"他给李新生讲了白鹤滩，讲了自己曾经在那里挖矿的日子，讲了那里的每一天都好像是在地下生活。听完后，李新生只问了一个问题：白鹤滩有没有白鹤啊？东升停顿了一秒，然后点了点头说："有白鹤，我见过一次，那是世界上最美的动物。"李新生沉默了片刻说："我们去看白鹤吧，我想去见白鹤，听说见过白鹤的人都会得到好运。"

东升点了点头,和李新生喝完了剩下的半瓶白酒。他记得很清楚,很多年前的某个夜晚,他决定和李叔一起去白鹤滩。那个夜晚,他和李叔也喝完了一瓶白酒。后来,李叔再也没有回来——一场矿难将他永远地留在了白鹤滩。

临行前的那个夜晚,他又梦见了那个方舟。在洪水来临时,方舟带着他们离开了贫瘠的家园,去了那个流着蜜、开满花的应许之地。

# 净　土

## 第一部分：俞玄德

把老伴仙草埋在祖坟的那个上午，他突然觉得这个世界咋空了，咋黑漆漆一片的，仿佛置身于传说中的阴曹地府，而审判命运的阎王爷开始念他的名字了。他听见了自己的名字，但没有回应黑暗中的声音。如今，黑暗灌满了他的心。

那天晚上，他没了睡意，体内的黑暗发出了哀鸣。往事如洪水般地涌向他，而他所能做的就是打开阀门，让记忆淹没自己。如今，这个世上没有他可以说话的人了，唯有记忆是最后的净土。他能记住的大部分人，都已经被埋在后坡的坟地了，而他的记忆也成了一片坟地。"要是我走了，那该有多好啊。"他自语道，"这世上早就没有我的位置了。"

他独自一人去了坟地，先去看了看自己的父母，在他们的坟前磕了三个头。随后，他坐在他们的身边，把心中的苦楚诉说给他们。他年轻时和父亲的关系很差，即便在一个院子里他们也没多少话可以讲。父亲是个文人，以前做过私塾先生，在村里有很高的威望。父亲也是他的第一个老师，给他讲中国古代的文化和历史，教他书法和诗词。在那场风波袭来时，他把父亲的日记交给了那帮人。于是，他们把父亲揪出去，把父亲的头剃成了阴阳头，接下来押着父亲游街。之后，父亲被绑在村中央的那棵槐树上，供村民们羞辱和批判。他站在人群中间，为自己的壮举而自豪。当他与父亲的眼神再次碰撞时，感觉有把匕首插在了自己的心脏。是的，他看见了父亲的眼泪，于是赶紧避开了父亲的眼神。当父亲被放回家后，身上的光全部消失了，整个人仿佛一片废墟。

从那以后，他再也没有见父亲写过一个字，父亲和他也没话可说了。直到多年后，他才意识到自己当年犯下的错误。当他想向父亲忏悔时，父亲已经没有了记忆，偶尔自说自话——是只有父亲能懂的事。父亲死后，母亲把他唤到身旁，把一个日记本交给了他，说："这是你大留给你的，说是写给你的信。"然而，他从未打开过那个日记本，因为他害怕面对父亲的文字，害怕面对过去的深渊。后来，母亲也去世了。他们合葬在一起，在另一个世界彼此也有了陪伴。此后，他感觉自己成了孤儿，也常常在梦里看见死神。死神有时是祖父的模样，有时是父亲的模样。如今，死神成了他自己的模样。他早已不害怕死亡，甚至期待黑白无常勾走他的魂。是的，这人间，没有他的位置了。

从父母的坟走到老伴的坟只需要五十多步，但每一步都走得如此艰难，他的体内和心中灌满了生锈的铁。他坐在老伴的坟前，骂道："你这老婆子，咋说走就走了啊？你倒是去天上享福了，撂下我在这泥里挣扎。"骂完后，他摸了摸身边的柏树，仿佛是要确认眼前的一切都只是幻觉。老伴是因为突发脑梗离世

49

的，倒地前，她还在为他们做午饭，是他最爱的芹菜肉馅水饺。等他们把老伴送到医院后，她已经没气儿了。他们把老伴拉回了家，为她穿上洁白的寿衣，让她平躺在温暖的床上，窗户外传来了燕子的歌唱。两年前，他和老伴就已经为自己准备好了棺材，也选好了坟地。记得那天上午，他领着老伴来到了坟地，指着其中一块空地，说："看，咱们以后就睡在这里了。"老伴说："唉，我倒希望早点住进来，活得够够的了，住进来就不用受苦了。"看完坟地后，他拉着老伴的手回到了村子。这是他第二次在外面拉她的手，上次还是结婚那天，中间隔了六十二个年头。这六十多年就像一场风，把他从小伙子吹成了老头子，把仙草从大姑娘吹进了土里面，把孟庄也吹老了。这座老朽的村庄，夜里常常发出哀鸣。

以前，他和仙草没有多少话可说，他也常常不着家，甚至有段时间还染上了赌博的恶习。仙草也哭闹过几次，最后只得放开手，不管他了。等他厌倦了外面的世界，拖着疲惫的身体回家后，却发现仙草依然守护着这个家，守护着他，而孩子们早就过上了各自的生活，不再需要他们了。那个瞬间，他突然意识到自己老了，身体衰了，心也朽了。此后，他守着这个空荡荡的家，守着老伴，和她有说不完的话。一个雪夜，他们说起了即将到来的死亡，黑暗中传来了雪的叹息。他说："咱俩谁先走就是谁有福气，我希望我先走。"老伴笑道："你咋越活越像个娃了？要是你走了，我活着也没啥意思了。"老伴的身体和心态一向比他好，而他也早做好了先走的准备。如今，老伴走了，他在这个世上也没了能说话的人。夜里，他常常对着黑暗自说自话，他知道老伴没有离开他，他的父母也没有离开他。在他小时候，父亲常常在夜里给他讲各种各样的故事，母亲则给他唱歌。那时候，他以为这种圆满才是生活。而现在，他们都走了，把他一个人抛在了这世上。

过了半晌，他站了起来，拍掉身上的尘土，说："老婆子，你等着我，过些日子，等他们把我也埋在这里，咱们就团圆了。"说完后，他离开了老伴的坟地，又走了二十多步路，来到了儿子满泽的坟前——没有墓碑，只有孤零零的坟头。对于这个小儿子，他已经没有恨了，只剩下痛心与遗憾。如果可以的话，他宁愿用自己的命换回儿子的命，他宁愿死去的人是自己。四个孩子中，他最心疼的依然是满泽。他至死也不会忘记那年夏天的午后，他们把满泽的尸体从镇子拉回来的场景。那时候的满泽只有二十岁，因为一个女人，和镇上的混混发生了激烈的冲突，最后被他们用刀子捅死了。满泽的人生才刚刚开始，却以如此悲剧落幕。满泽被放在了院子中央，四周围满了人。看见儿子的时候，他的腿都软了，之后他给了满泽一个响亮的耳光。这是他生平第一次打自己最心爱的孩子。他坐在地上，在众人的围观下失声痛哭。他失去了控制，眼泪彻底将他淹没。那天下午，他流干了所有的眼泪。第二天他们就把满泽埋进了坟地，没有墓碑，没有葬礼，更没有哀乐。之后的好多年，他都没有来坟地看过儿子。满泽伤透了他的心，而他宁愿自己从来没有过这个孩子。他越是想要忘记，越是无法忘记。儿子如同幽灵一样，住在了他回忆的牢房。每一天，他都会想念这个儿子。他恨透了这种想念。在好多个梦里，满泽将匕首插进了他的心脏，而他则获得了真正的解脱。如今,当他站在满泽的坟前,恨不见了,痛不见了,唯独剩下这空荡荡的爱。他依旧没有什么话对儿子说,于是在整理好他的坟头后,离开了。

接下来,他又去拜访了其他亲人的坟地,有他的大伯和大妈、二伯和二妈、三伯和三妈、四伯和四妈,接下来是他的堂哥和堂嫂们。每走到一个坟头,他也不说话,而是在心里为他们祈愿。这个家族,他们玄字辈总共十二人,而他排行第十二。以前有十一个兄长护着他时,他还觉得自己只是个孩子,如今他们一个个都被埋进了土里,只剩下他一个人。他在心里数了一遍兄长们的名字,之后自语道:"也快轮到我了,一茬茬死,一茬茬生,最后都会变成尘土。"那些过往的故事,如今成了烟云。他想把这些故事写下来,却不知道从何处写起;他想把这些故事讲给人听,眼前却空无一人。唯有耳旁的风,捎来了亲人的叹息。

离开亲人的坟头后,他又去看了看自己的朋友。这坟地如同迷宫,他费了很大的力气才找到他们。他念出了他们的名字:赵双喜、李庆国、李怀民、王麦城、王向阳、王胜利、丁德明、孟淮水、孟风眠。关于他们每一个人,他都能讲出很长的故事,讲出他们曾经的梦想与失落,他们的出走与归来,他们的恐惧与欢喜。在他们身上,他看见了自己曾经的模样。他们以前都想离开孟庄,如今却一一回到了孟庄,埋在了孟庄。这是他们共同的家。他坐在孟风眠的坟前,和这个伙计拉起了家常。在孟庄,孟风眠是一个奇迹般的存在,参加过战争,出过国,干过实业,当过大官,之后蒙冤进了监狱,最后又得到了平反。从监狱出来后,他就回到了孟庄,把自己的一生写成了书,最后还被拍成了电视剧。在这世上，他最羡慕也最嫉恨的人就是风眠了。与风眠相比，他的一生简直不值一提。如今，风眠也被埋在了坟地，而往事如同眼前的风，来去都无踪。

当天夜里，他梦见死者们都活了过来，在院子里喊着他的名字。在梦里，他知道自己是在做梦，但又不愿从梦中醒来。他走进了院子，和他们共享这丰收的喜悦。奇怪的是，他们都是死前的模样，唯有他是十五岁的少年。在他准备开口唱歌时，他们却从眼前消失了，光也消失了，黑暗再次降临。紧接着，他听到有人在黑暗中呼喊自己的名字——那是来自死神的召唤。于是，他也喊着自己的名字，以此作为回应。片刻，死神出现在他的眼前。他掀开了死神的面纱，原来死神和自己是同一个模样。他从梦里游了出来，拉开了灯，死神消失了，黑暗也消失了，而他依然可以听见自己的心跳。死神在最后一瞬间，放开了他的手。他想起身去院子里走走，却发现自己浑身僵住了，动弹不了。他费了很大的气力才关掉了灯，于是黑暗再次灌满了他的心。"也许这是我在这世上的最后一夜了，"他想，"太好了，终于等到这个时刻了，终于要回家了。"他闭上了眼睛，看见了父亲曾经说过的彼岸。

他听到有人呼喊自己——不是死神，也不是父亲，而是特别熟悉的人间的声音。他费了很大气力才睁开了眼睛，看见满年正在擦拭桌子上的灰尘。他想把自己的梦讲给大儿子，却发现语言变成了浆糊，粘住了他的嘴。他并没有死，思维仍如水般地流动。他叹了口气，问满年："今天咋突然回家了？"满年说："爸，今天是您老人家八十五岁的寿辰，我们回来给您过寿啊。"他说：

"唉,都是快入土的人了,过什么寿啊,再说你妈还等着我去她那边呢。"满年说:"我也刚退休,以后有的是时间陪您。"他没有再说话,而是起床清洗掉昨夜的残梦,随后又撕了一页床头的日历。对于他而言,时间早已经没有了意义。等这本日历用完,他以后也不用日历了。也许,等不到这本日历撕完,他已经不在这人世了。他从抽屉里取出日记本,依旧没有勇气打开阅读。父亲是他绕不过去的心坎,也许他会把这份忏悔带到坟墓。

响午刚过,满丽、海涛和凯凯来了。没过多久,满慧、成路和晨晨也来了。儿子儿媳、女儿女婿们把家里上下前后又清扫了一遍,凯凯和晨晨陪他说了会话,随后又出去玩了。看着孩子们眼中的微光,他突然觉得自己要好好活着。即便是为了眼前这短暂的喜悦,他也要好好活着,好好地享受接下来的每一天。折腾了大半辈子,不正是为了眼前的这份安宁吗?等他们忙完后,便围坐在他旁边,陪他唠嗑,陪他讲过去的事情。

满年说:"爸也劳累半辈子了,该好好享福了。现在咱爸一个人在家也不方便,我想着把他老人家接到县城,和我们一起过。"满丽说:"在咱们家,儿女都一样,我也是想着把爸接到我屋里,刚好镇上也有他的伙计。"满慧说:"哥,姐,咱们都想到一起了,但还是先听听咱爸的意见,看看他的想法。"他沉默了半响,说:"你们的好意,爸都心领了,以前也没白养活你们。我哪里也不想去,我再走了,你妈你弟就找不到家了。"看子女们都没说话,他又补充道:"你们邻家嫂子每次做饭都会捎带上我的那份,我每个月会给她些钱。现在手机多方便啊,有啥急事电话联系。"满慧说:"爸,您一个人住在这么大的房子里,会不会害怕啊?"他笑道:"都活了一辈子了,啥没见过,啥没经历过,我现在就活在阴阳两界。"

　　他们准备了丰盛的晚饭。一家人围坐在他身边,留了两个空位:一个是给仙草的,一个是给满泽的。他们为他唱了生日歌,随后他吹灭了蜡烛,许了愿望。凯凯问他许了什么愿,他笑道:"说出来可就不灵光了。"其实,他心中空落落的,什么愿望也没有许。子女、外孙们都给他敬了酒,说了些祝福的话。等一切尘埃落定后,满年说:"爸,天赐在北京刚好有大项目要处理,不能回来陪您过生日了,这是他让我转交给您的礼物。"随后,满年把红包塞给了他。他说:"娃有这心就好了,凯凯、晨晨,你俩可要向你天赐哥学习——在北京读研究生,在北京干大事情呢,是咱家的荣耀。"外孙们点了点头。几杯酒下肚后,他的心情也畅快了很多,和孩子们说了好多掏心窝子的话。

　　晚饭结束后,他们回了各自的家,而满年坚持留在这里陪他过夜。他知道儿子怕他寂寞,也怕他酒后出事。以前,在四个子女中,他对满年最为严苛,寄望也最大。只要满年有半点不符合他的心意,轻则说教,重则打骂。有一次,他一耳光下去,把满年的鼻血都打了出来,但满年依然没有求饶,而是在接下来的半年里没有和他说话。他知道自己是一个糟糕的父亲,也始终欠满年一个道歉。满年关掉了灯,黑暗降临于他们。他知道有的心结不打开,将永远牵绊着彼此的人生。沉默了半晌后,他对着黑暗说:"对不起,孩子,爸以前对你太严苛了,还打过你,但我对你说过的那些狠话都不是真心的。"满年笑道:"爸,那些事情我早忘了,您咋还忘不了啊?我只记得您和妈对我的好,没有你

55

们，就没有我们，就没有这个家。"他说："你妈走了，感觉这个家也快散了。"满年半晌没有说话。接下来，他突然听到了儿子的啜泣声，之后哭声越来越大，仿佛是朝向命运的呐喊。恢复平静后，满年说："我妈走的那天，突然感觉我也老了，感觉一辈子也快到头了。"

之后，他们又说了很多话，大部分都是关于过往的欢乐时光。他们父子俩已经有几十年没有这样掏心窝子地说话了。不知过了多久，他听到了儿子的酣睡声，也听到了黑暗中的细语。他丝毫没有睡意，于是凝视着眼前的黑夜，凝视着内心的深渊。他想到了父亲。很多年前，他也是这样陪父亲走完了最后的路。他理解了父亲当年的寂寞与痛苦。父亲并没有死去，而是活在了他的记忆王国。在黑暗中，他瞥见了父亲的神情。

## 第二部分：俞满年

他走不出这座沙漠了。他听到了河流的声音，却找不到河流。他快要渴死了。他还是倒了下去，听见风传来了死神的召唤。他不知自己为何身处此地，但这也不重要了。沙子在慢慢地吞噬着他，而这里将成为他的坟墓。他还没有做好死去的准备，却不得不面对即将到来的黑暗。恍惚间，他听到有人呼喊他的名字，缥缈又真切。他使出了浑身最后的气力，喊出了自己的名字。不知过了多久，那个人送来了水和食物。他看清了那个人的脸，却又不敢喊出对方的名字。那人说："哥，我是满泽啊，我现在带你回家。"弟弟还是那么年轻，还是那么英俊，但他却老了，身上是衰朽的气息。一路上，兄弟俩没有说什么话。没过多久，他们就回到了村口，而弟弟突然间从眼前消失了。他喊着弟弟的名字，而眼泪淹没了他的声音。

原来是一场梦啊。在梦中，他也知道自己在做梦，但仍不愿意从梦中醒来。此刻，黑暗包围了他，而眼泪濡湿了这个夜晚。他躺在黑暗中回想梦里弟弟说的话，却什么也不记得了。但他从未忘记弟弟英俊清秀的面庞。是的，每一天的某个时刻，他都会想起弟弟，想起他们曾经的誓言——离开孟庄，去外面的世界闯荡。如今，弟弟已经离世三十年了。要是弟弟还活着，也有五十二岁了。弟弟的死，或多或少都和他有关。要是当年，他给弟弟在县城解决了工作问题；要是当年，他鼓励并帮助弟弟考上大学；要是当年，他同意弟弟去外地打工；要是当年，他说服弟弟去当兵……要是弟弟当年走上任何一条路，也不会是如今这个结果。他是一个失职的兄长，没有在节骨眼上拉住弟弟的手。弟弟的死，摧毁了这个家，也差点要了母亲的命。自此之后，他在母亲脸上再也没有见过笑容。

如今，母亲也死了，弟弟在另一个世界也有伴了。在四个子女中，母亲最疼爱的还是弟弟，她也不掩饰自己的偏爱。虽然他比弟弟年长五岁，但内心还是嫉妒弟弟，还是想要证明自己的存在价值。弟弟比他聪明，比他英俊，而他唯一能做的就是在学习上下功夫。只有取得了好成绩好名次，他才能领赏到母亲的爱。在十岁的时候，他就明白上学是自己唯一的出路。那时候家境贫寒，而他也面临着辍学的危险。那时候，父亲常年挂在嘴边的话就是"学不好习，就回来种地"。这句话如同咒语，时时提醒着他。他厌恶劳动，于是把心思都放在了学习上。就这样，他考上了初中，考上了高中，考上了师范院校，最后留在了县城中学，拿到了所谓的"铁饭碗"。与他相比，弟弟走上了另外一条路，一条通往地狱的路。是的，他原本是可以拉住弟弟的，但他选择了袖手旁观。弟弟最后一次来找他，是向他借钱，而他拒绝了，顺便还教育了弟弟。三天后，他们把弟弟的尸体拉回了孟庄，而他突然意识到自己也是害死弟弟的人。直到如今，他依旧觉得自己是罪人，他依旧无法原谅自己。

没有了睡意，于是他打开了灯，从黑暗中游上了岸。坐在客厅的沙发上，他有太多的话想要说，旁边却没有一个人。惠英去西安帮女儿看孩子了，而儿子在北京工作，大概有半个月没有联系了。母亲离世后，父亲依旧坚持在孟庄生活。上次回村子给老人家过寿，提出来要接他来县城一起生活。如他所料，父亲选择在老房子里生活，与自己的记忆和爱相伴。如果是他，他也会做出同样的选择。成为父亲以后，他才慢慢地理解了自己的父亲。在此之前，他最恨的人是父亲。他好像从来达不到父亲的要求。每次他犯了错误，父亲要么是骂要么是打，甚至会当着外人的面羞辱他，把他锁在后面的小黑屋里。他从来不敢反抗，而是把这种恨意变成了动力，促使他摆脱父亲，摆脱家庭，摆脱孟庄。是的，他真的做到了，他创造了自己的奇迹。当他把自己的第一份工资交给父母时，他终于瞥见了父亲眼中的满足。也就是那一瞬间，他突然觉得父亲老了，也矮了，不再是那个满口命令的"暴君"。他虽然不再恨父亲了，但心中的芥蒂并没有消失。此时此刻，或许父亲也没了睡意，也坐在黑夜中被往事所纠缠所折磨。他想了解父亲的过去，但父亲把很多往事都隐去了。祖父死前留下的日记本,成为这个家族的谜语。除了父亲以外,没有人知道日记本的具体内容。

面对着空荡荡的房间,他的内心则是空荡荡的荒野,时不时传来记忆的回音。他无法用这些记忆的碎片拼凑出完整的面目。在这些碎片中,他瞥见了过往岁月中的微光。特别是在退休以后,他才意识到时间是如何风干了那些记忆。师范毕业后,他就被分配到县中学当语文老师,拿上了父母眼中的"铁饭碗"。刚开始,他对未来充满了希望,对教育事业抱有很高的热情。一年又一年,学生们来了,学生们又走了,而他却一直待在原地,动弹不了。五年过去了,十年过去了,二十年过去了,那些与他年龄相仿的教师要么升官了,要么学历高了,要么调到更好的学校了,要么经商赚钱了,而他几十年如一日,没有本质上的变化。虽然期间被评为过几次优秀教师,但都是虚名,不顶用。刚开始,惠英还在旁边敲打他,鼓励他往更高处走,他当然明白妻子的意思,但就是不愿改变,也不愿去做歪门邪道的事情。他把所有的心思都放在了教学上,最关注的还是学生们的学习和成绩。吵了几次架后,惠英再也不过问他的事业了,而是把心思全放在了两个孩子身上。从她的眼中,他读到了某种蔑视。在这个家里,他好像是一个外人。而在学校里,他那最初的热情也被慢慢地消磨掉了,只剩下了麻木与敷衍。在教学中,他体会不到任何快乐了,与领导和同事的关系也很冷淡。他看不起那些到处钻营的人,而他也是他们眼中的怪物。学校变成了一座牢笼。

在这个世上,他没有一个可以掏心窝子说话的人。有很长一段时间,他想要逃离这座牢笼,却发现自己没有其他退路。于是，他把绝望吞下去，慢慢地消化，慢慢地体会命运的苦涩。五十岁那年，他动了一次手术，算是在鬼门关走了一遭，也因此看透了命运，接受了命运。他再次返回学校后，眼前的牢笼消失了，取而代之的是驶向灯塔的航船。自从退休后，他反而怀念起了曾经的教学岁月，怀念起了曾经的同事和学生。他不想这样闲下来，想找点其他事来发挥余热，却发现自己对生活本身没了热情。此时此刻，他意识到自己老了，没有人需要他了。他的人生进入了倒计时。也许生活本身就是一座牢笼，而他做好了出笼的准备。

过了一段日子，他来到了西安，和惠英一起帮女儿女婿照看孩子。女儿的家在二十五楼，可以看见不远处的秦岭山脉。有时候，他会站在阳台上，长久地凝视眼前的秦岭，把自己的心事交给大山。不，他并没有多少心事，更多的时候则是放空自我。在这个仅有九十平的房间里，带给他更多的是窒息和眩晕。然而，他不能把这种消极情绪显露出来，而是尽可能扮出积极的模样。在这座巨兽般的城市，只要你软弱一点，随时都有可能会被吞噬。

女儿是软件工程师，加班是家常便饭，每个礼拜总有三四天要工作到晚上十一二点才能回家。公司离家很远，女儿每天六点半就要起床，七点二十准时离家。在这之前，他为女儿女婿准备好了简单的早餐。他看到了女儿脸上的疲惫，却不知道该如何帮助她。以前他总羡慕城里人，没想到这里的生活也是如此艰难。女儿一直是他的骄傲，从小到大都没有让他操过多少心。女儿的学习成绩也一直不错，考上了重点大学，又被保送为本校研究生。毕业后，女儿去了这家著名的大型合资企业，一直干到现在。在他们面前，女儿也始终保持着乐观积极的人生态度，但他看出了女儿眼中的疲惫和悲伤。某个午夜，外面传来了哭泣声。他和惠英来到了客厅，发现女儿独自坐在沙发上哭泣，而眼前的笔记本依旧是莹莹绿光。他们似乎明白了眼前的事情。惠英坐在女儿旁边，抱住了她。女儿哭道："这活再做也做不完，不知道啥时候是个尽头。"他说："不做了，明天就辞职，我和你妈的养老金够你们生活。"女儿没有说话，而是止住了哭泣。这是他第一次看见女儿的崩溃。第二天早上，女儿准时起床，吃完早饭后，又准时离开。这座城市，容不下眼泪与痛苦。

他患上了失眠症，但他不能把这件事说给别人听。他开始怀念孟庄，怀念那个他从小就想要逃离的村庄。他怀念那里的麦地和田野，怀念那里的土地与河流，怀念那里的人和事。如今在高楼里，他感受不到土地的质朴，感受不到自然的温情。他仿佛悬浮在高空，随时都有可能掉落下来，成为碎片。女儿女婿对他都非常孝顺，但他明白这里不是自己的家，他只是寄居于此的客人。他也不确定何处才是自己的家。县城的那个空荡荡的房子算不上家了，而孟庄的那个老屋也不是家了。不知何时起，他没有了家。闲下来的时候，他就刷无止尽的短视频，在形形色色的刺激中，体验活着的幻象。每次放下手机后，迎接他的是更可怕的虚无。在这虚无中，他瞥见了死亡的模样。也许，死亡才是他最后的家。

某一天晚饭后，他独自在小区散步时，接到了一个陌生电话。对方一开口，他就听出了是方舟的声音。方舟是他的发小，和他一起在孟庄长大。他们同年同月生，还是小学同班同学。那时候，方舟是他最要好的伙伴。他们一起爬树，一起捉野兔，一起下河，一起拾麦穗。有时候，他会在方舟家留宿，给方舟讲鬼故事。有一次，他们都睡不着觉，而月光恰好洒在了床头上，开出了洁白的花朵。他们躺在床上，交换了各自的梦想：他以后想成为演员，而方舟想成为军人。那时候，他是多么确定方舟就是自己最忠诚的朋友。后来，他们又一同去了镇上念初中。上初三时，他喊方舟一起去上学。方舟摇了摇头，笑道："我以后就不去了，该给家里赚钱了。"那一刻，他觉得方舟是如此陌生，而在转身的瞬间，眼泪淹没了世界。后来，他们的距离越来越远。他一直念书，走出了镇子，走出了县城，走进了省城，又回到了县城。而方舟留在了村子里，过着父辈们的生活。后来，即便他们在村子里碰见了，也只是打个招呼。再后来，他们避免在村子里碰面。然而，他从未忘记这位朋友，仿佛方舟过着他的另一种人生。

  第二天下午，他便去找方舟了，带了一瓶西凤酒。方舟的面皮店离小区并不远，他只走了半个小时就到了。还没等他进去，便听到了里面的声音："啊，我的老伙计终于来了，还以为你忘了我这个俗人呢。"方舟的脸上泛着红光，整个人散发出巨大能量，而他却显得灰暗消沉。方舟把他请到了店里，给他倒上了茶水，说："娟娟，这就是你满年叔，是从咱村里走出去的大知识分子。"娟娟说："我爸经常说起您呢，叔，您果然气质非凡，我爸还说您是他最好的朋友。"他笑道："什么大知识分子，就是个普通的中学老师罢了，还退休了。"寒暄过后，方舟把他领到了后面的房间,还准备了一些小菜和茶水。他把白酒给了方舟,方舟随手打开了,说:"咱哥俩有几十年都没喝过酒了。"他原本以为彼此间会有高墙,没想到只是自己的臆想,而方舟依旧是那么温暖亲切。几杯酒下肚后,他仿佛乘着时间的虚舟回到了孟庄,回到了童年时代。他把自己的心事讲给眼前的伙伴,而方舟把自己这些年的见闻也讲给他。说了很多话之后,他们又开始碰杯喝酒。他们共同回忆了过往岁月,却很少谈及彼此的未来。他们是没有未来的人。在这座巨城中,他们都是没有家的人。方舟说:"忙活了一辈子,也不知道忙活了啥,等把钱赚够了,就回孟庄养老。"他说:"我也回去养老,咱们最后还是得埋在村子里,最后也都变成土。"他看见了方舟脸上的眼泪,并在泪珠中瞥见了自己。

他又看见祖父了。祖父从海上来,带着彼岸世界的故事。他们兄妹四人,在岸边等待祖父的归来。祖父下了船,把他们领到一棵大树下,并把那故事告诉他们。在故事中,他们找到了家;在故事中,他们停止了流浪。接着,祖父告诉了他们人生的暗语,叮嘱道:"害怕的时候,你们就在心里默念这句话。"之后,一只白鹤飞来,带走了祖父,而不远处的海突然间消失,周围变成了沙漠。他们找不到出去的路了。

他从梦中醒了过来,回想着祖父教给他们的人生暗语。话就在嘴边,他却想不起来一个字。原来亲人们不会离去,因为梦是他们共同的家。原来惠英也醒来了,于是他把自己的梦说给了她听。随后,惠英也说出了自己刚才的梦:他们一起去爬山,在山巅,儿子天赐和他们说了一些祝福的话,随后便跳下了背后的深渊，而眼前的山变成海。他们坐在白船上，呼喊着儿子的名字。他领悟了这个梦的含义，于是抓住了黑暗中的手。是啊，自从上次在电话里和天赐吵完架后，他已经有两个月没和儿子说过话了。上次是他的错，他说话太重了，伤了儿子的心，但他还是拉不下脸面跟天赐道歉。他每天都想念天赐。特别是来西安以后，他更加理解儿子的孤独。

没有了睡意。于是，他来到了客厅，给儿子写了一封很长的信，随后通过微信传给了他。之后，他又站在了阳台上，望着不远处的秦岭，聆听山的私语。也许，他的祖父母，他的父母，他的兄弟姐妹，他的孩子们，也曾经在某个瞬间听见过这私语，并由此洞彻到了心的奥义。也许，这心才是他们共同的家。片刻后，他看见了黑暗中的浮光。又是新的一天了，而他突然觉得自己可以成为更好的人。

## 第三部分：俞天赐

又是同一个梦。他悬浮在空中，无法落地，也无法飞升，而流云穿过他的肉身，流淌在这无止境的蓝色虚空中，仿佛尽头就是生死海洋。他渴望流动，甚至渴望成为这天河中的一滴水。他厌倦了痛苦，也腻烦了等待。他渴望飞回净土，渴望回到真正的家。在这悬浮中，他瞥见了人间的浮尘，瞥见了空的幻景。在这梦中，他理解了虚空的奥义。

他打开了灯，梦暂时地离开了他。凌晨五点了，他仍然没有睡意，于是从床头取出《金刚经》，一个字接着一个字地默读。上次回孟庄过年，祖父把这本经书送给他作为新年礼物。想了想,自己已经有三年没有回那个村子了。甚至连祖母的葬礼,他都缺席了。工作忙只是拙劣的借口,最根本的原因是他害怕回家,害怕面对自己的亲人。或者说,他害怕面对自己的失败。有好多次,他不得不用谎言来掩饰自己的失败。他恨透了那些谎言,又不得不以谎言为生。前些日子,他收到了父亲通过微信发来的长信。那些滚烫的文字让他羞愧。是啊,他不是一个合格的儿子,他曾经伤透了父亲的心。之后,他在微信上向父亲道了歉。当天晚上,父亲打来了电话,起初是沉默,接下来是那些掏心窝子的话。他把自己的困惑说给了父亲。父亲最后说:"回来吧,孩子,我们都在家里等你。"挂断电话后,眼泪淹没了他。第二天,他就把辞职信交给了老板。在交接完工作后,剩下的日子就是等待回家。在这琥珀色的等待中,他慢慢地看清了过去的自己,并在记忆的河流中逆舟而行,抵达精神的源头。

要不是因为大学选修了陈抱朴的世界文学名著导读课,也许他会走上另外一条路。那是大学二年级的上半学期,出于对文学的好奇,也出于对陈抱朴的好奇,他选修了这门热门选修课。陈抱朴是学校的名师,在电视的文化讲坛栏目担任常驻嘉宾,出过十几本著作,得过好多奖,还是美国普林斯顿大学的高级访问学者。他曾经在网上看过陈抱朴的一些访谈和讲座视频,并在心底暗下决心:以后,我也要成为这样有魅力的高级知识分子。那时候的他,处于人生的低谷,对所学的历史学专业失去了兴趣和耐心。他的生活仿佛溺水,而他却渴望得到拯救。他有种预感,陈抱朴将是拯救他的人。

自第一堂课开始,他就坐在第一排的显眼位置,认真聆听陈抱朴的每一句话。对于这样的选修课，大部分同学的心态都是得过且过，最后混到学分就好。但他却将这门课视为自己的核心课程，做了非常详尽的笔记，并且在课下阅读了陈抱朴推荐的每一本书。世界文学课打开了他新世界的精神之门，而他在其中瞥见了自己未来生活的风景。上这门导读课，成为他每周的净化仪式。每堂课的课间时分，他都会和陈抱朴进行交流，有时候是提问，有时候是分享。在最后一堂课的课间时分，他终于向陈老师说出了自己的心事："老师，我以后想读您的研究生，我太喜欢您和您的课了。"陈老师笑了笑，点了点头，把自己的联系方式给了他，并嘱咐他如果要跨专业考研究生，现在就要好好准备了。他感谢了老师，并在那瞬间瞥见了生命之光。是的，他又重新找到了活着的意义。那门课，他拿到了全班的最高分，而这也恰恰是他深海远航的开始。

接下来的大学时光，除了应付主修课以外，他把剩下的时间都交付给了文学。他不仅选修了陈抱朴的其他公共课，也旁听了陈抱朴的专业课。他读完了陈抱朴的每一部著作，并做了详尽的阅读笔记。对于不理解的问题，他便发邮件给陈老师，而陈老师也耐心地回答他的每一个疑问，并给他列了好几个阅读清单。清单上有文学、哲学、心理学、社会学和人类学等多个领域的经典之作。他一本接一本去读，仿佛是灵魂饥渴的孩子，而图书馆成了自己生活的净土。他觉得自己越来越接近陈抱朴了。在好几个梦里，他也成了著作等身并游历世界的学者，成了众人敬仰的名人。当然，他不能把自己的梦与梦想说给任何人。在历史班里，他是隐形人，是格格不入的局外人。在这个班里，他没有一个可以交心的朋友。

他通过了研究生考试，初试和复试都是第一名，如愿地成为陈抱朴的学生。在拿到录取通知书的瞬间，他内心充盈，却又虚空。可叹的是，周围没有一个可以分享这份喜悦的人。于是，他把这个消息首先说给了父母，父亲的眼中盈出了泪花，却什么话也没有说，而母亲走上前拥抱了他。在他的记忆中，这是母亲第一次拥抱他。经历了漫长的黑暗后，他终于瞥见了来自新生活的微光。过往的绝望，也由此照亮了他。

原本他以为等待自己的是光明之路，但真正迎接他的却是新的深渊。自从他读了研究生后，陈抱朴身上的光环在慢慢褪去，直至成为最普通的教师。在几次饭局后，他发现陈抱朴是一个喜欢奉承和谄媚的人，丢掉了高级知识分子的气节和胸怀，与上课时所宣扬的理想主义相背而行。陈抱朴也许看出了他的疑惑，在一次谈话中告诉他要懂得变通，要懂得顺势而为。他当然理解导师的这种处世哲学，却还是无法接受导师的两面人作风。这份无言的失望，让他与导师的距离越来越远。陈抱朴也察觉到了他的微妙变化，几次沟通失败后，也基本上放弃了他。他原本计划将来要读博士，当大学老师，过学院派知识分子的生活。在认清了现实之后，他放弃了幻想。研究生时期，他仿佛海上夜航，看不见岸，看不见灯塔，也看不见自己的心。这段日子，他把自己的心情装进了一首接一首的诗歌。他是这些诗歌的唯一读者。身边没有可以说话的人，唯有沉默见证了他的孤独。在好多个梦里，他迷失在黑暗森林中，找不到出路，也忘记了来路。

硕士毕业后，他没有继续去深造，也不想回县城工作。和很多毕业生一样，他参加了省城的公务员考试和事业单位考试，但最终没有了下文。他也回不了家，于是在城中村租了一个二十平米的房子。他寻找工作，却屡屡不顺。他患上了失眠症，睡不着觉，感觉自己被整个世界抛弃了。有一次，他梦见自己脱光了身上的衣服，跳进了眼前的深渊，没有恐惧，只有解脱。某个夜晚，他突然接到了祖父打来的电话。祖父说："天赐，你最近都还好吗？爷这几天老是梦见你，也不见你给我打电话了。"不知为何，祖父突如其来的关心击溃了他心中的堤坝，于是他坐在出租屋中哭泣，好像要掏空心中的所有痛苦。眼泪清洁了他的灵魂。半晌后，他对着手机说："爷，您放心，我好着呢，等忙完这段日子就回去看您。"祖父说："孩子，你记住，世上没有迈不过去的坎，孟庄永远都是你的家，爷永远都是给你托底的人。"和祖父通完电话后，内心的虚无幻为实在的土地，他突然觉得自己是有根有家的人。

某个冬夜，他收到了海波发来的信息，是他翻译的长篇小说终于出版了。在历经了种种坎坷后，这本书终于要面世了。这本书是他为数不多的精神寄托。很快，他便拿到了样书，重新阅读了一遍后，仿佛又亲历了当时平静的热情。然而，眼前没有可以分享的朋友。他对着镜子，重新打量自己的皮囊。长久凝视后，他突然觉得自己又是一个有力量的人了。他给海波打了电话，问他可否在北京帮忙找个工作，和文化文学相关的工作。海波笑道："不早说啊，我们公司一直都需要编辑，还以为你在西安有稳定工作呢。"他说："那我就去投奔你了。"通完电话后，他做了一个简历，发到了海波的邮箱。又过了两天，他收到了玄鸟出版公司人事打来的电话，让他去面试。之后，他离开了城中村，离开了西安。在飞机起飞时，他透过窗户，看着眼底的大地，流下了滚烫的泪珠。

在北京，他开始了新生活。起初，他借宿在海波的住处。又过了些日子，他和海波、安庆共同租住了一套三室一厅的房子。在北京，他终于有了属于自己的房间，虽然自己也不过是这里的寄居者。在玄鸟出版公司，他开始了自己的编辑生涯。起初，他是热爱这份工作的，看着自己编辑的书一本接着一本面世，有一种真真切切的满足感。他也喜欢自己的同事们，因为他和他们是同一类人，日常工作都是围绕着各种各样的书。工作之余，他也接手了一些翻译的活儿，基本上都是小说作品。然而，翻译只能当成业余爱好，所得收入也只能当是零花钱。为了省钱，他尽可能地减少社交，减少不必要的支出。在这座巨大的城市里，他更是体会到自己不过是这人间的浮尘罢了。

宋瑜的到来，让他悬浮的心有了栖息之地，让他体会到了经书上所谓的落地麦粒的深层寓意。那是在一个文学作品的讨论会上，宋瑜和他都是受邀嘉宾，两人是邻座。宋瑜研究生毕业后，在北京某文学刊物担任编辑，主要负责诗歌栏目。与此同时，宋瑜是圈内有名的青年诗人，出过两本诗集，发表过很多作品，还得过一些文学奖项。在她面前，他突然觉得自己是平庸之辈。会议结束后，他主动走到宋瑜面前，说："我读过你的诗，是有思想有灵气的艺术晶体。"宋瑜笑道："我也读过你的译著，很喜欢。"两人浅谈了一会儿，之后又加上了微信。晚上，他做了很久的思想准备，终于给宋瑜发了一条微信，关于她的诗歌，关于今日的相见。十分钟的漫长等待后，他终于收到了宋瑜的回复。就这样来来回回，两个人聊了半个小时。临睡前，两个人互道晚安。之后，他躺在床上，把宋瑜的回复又重读了好几遍，仔细品读了每一个字背后的微妙含义。那个夜晚，他眼前的黑暗被照亮。

接下来的日子，他们每天晚上都会在微信上聊天，起初聊的都是文学、艺术和电影，后来是各自的日常生活。半个月后，他们约了见面，一起去798艺术区看展。看完展后，他们一起吃了晚饭。晚饭结束，他们走在夏日北京的晚风中，他主动牵了她的手，而她上前亲吻了他的脸。就像很多文艺电影的剧情那样，他们恋爱了，他们把各自的心交给了对方。他把自己写的诗歌拿给她读。她是这些诗歌的第一个读者。当天晚上，他接到了她的视频电话，她说："我好喜欢这些诗歌。第一次见你，我就知道我们是同类人。"得到她的肯定后，他慌乱的心得到了暂时的平静。她把这些诗歌推荐给了好几个文学杂志，之后也陆陆续续发表了，甚至还得了某个刊物的年度新人奖。对于宋瑜，他又多了份感激之情。然而，他们几乎不谈论他们的未来。在这座昂贵的城市中，他们不可能会有自己的房子，不可能组建家庭。特别是在这狭小的出租屋中，他们如同被囚禁的鸟儿，早已经忘记了如何歌唱。

就这样，他们在一起了整整三年。激情慢慢退潮，而现实问题慢慢地涌向了他们，又淹没了他们。没有争吵，没有责难，更没有怨怼。他们特别清楚彼此的心事。在一次晚饭后，她提出了分手，他点头同意。他们又一起去看了夜场电影，晚上躺在床上，又说了很多话。在他们分手两年后，她嫁给了出版社的副总编，对方是个四十岁出头的离异男人，有车有房有户口。在北京，宋瑜终于过上了踏实的日子。看到她在朋友圈分享的婚礼照片，他的眼泪淹没了心中的岛屿。那个夜晚，他又梦见自己跳入了眼前的深渊，没有下坠，而是悬浮在空中。等待他的，只有等待本身。

和宋瑜分手后，他也丢掉了半条魂，对眼前的世界失去了兴趣，对爱情也没有了多大渴求。他的编辑工作也进入了瓶颈期，导致他开始怀疑这份工作的真实价值。他也没有了翻译的兴致，对文字有种倦怠，更无法写诗了。面对空白的文档，他仿佛面对着浩瀚的深海，而自己是海上的孤舟。他偶尔坐在顶楼上，俯瞰这琉璃世界，仰望天空的星云，却找不到属于自己的位置。以前的路消失了，未来的路也消失了，而悬浮在人间的他，等待着最后的救赎。在梦里，他梦见自己死了，他们把他埋进了祖坟，而在掩埋他的地方，长出了一棵无名之树。梦醒后，他明白自己要离开这座城市了。在递交了辞职报告后，他在北京又待了三天，请同事和朋友吃了饭，以此作为告别的仪式。最后一个夜晚，他和安庆、海波一起喝酒聊天，把心里的话说给他们听，仿佛没有明天，也没有昨天。第二天，他们把他送到了高铁站，他拥抱了他们，却没有说话。转身的瞬间，泪水模糊了眼前的世界。

拖着疲惫的身心，他回到了自己的家。看见父亲的瞬间，他突然间没了话。也许有千言万语，却不知从哪一句话说起。父亲拍了拍他的肩膀，说："回来就好，回来就安心了，不用在外面漂着了。"母亲走上前拥抱了他，告诉他不要害怕，说他们是他最坚实的后盾。吃完晚饭后,父母和他一起在附近的公园散步,说了很多话,走了很多路。这座关中平原上的普通县城,也染上了温暖明亮的色彩。他终于可以大口呼吸了。他终于可以无忧地漫步了。晚上睡觉前,他翻看着家里的相册,而过往的记忆缓缓涌来,淹没了他的夜晚。在梦里,他回到了自己的少年时代,回到了那片葱茏森林。

第二天,父母和他一起返回孟庄。祖母离世了,而祖父也老了。这间老房子空空荡荡,回响着过往的哀鸣。看见他的瞬间,祖父的眼里突然有了光。他瞥见了祖父眼中的泪花,于是拉着祖父的手说:"爷,我回来了,我打算在家里住上一段日子。"祖父说:"回来就好,这里是你的家,永远都是你的家,想住多久就住多久。"之后,父亲领着他去了祖坟,给祖母烧了些香,说了些话;又给二爸烧了香,却没有了话。在风中,他似乎听到了亲人们的呼喊与细语。他们并没有离开,而是以另外的方式活在人间。

当天晚上,祖父、父亲和他三个人坐在一起喝酒聊天。刚开始,祖孙三人都没有什么话,每个人都揣着自己的心事。几杯酒下肚后,他们开始掏出自己的心里话,把以往那些疙疙瘩瘩解开,向彼此道歉。片刻的沉默后,便是内心的和解。祖父说:"天赐,把你老爷留下的那封长信拿来,今天咱们拆开来读。"他从祖父的房间取出了那封尘封已久的信件,交给了祖父。祖父拆开了信封,说:"天赐,你来给咱们读信。"他从未见过曾祖父,但看见那些文字的瞬间,内心却被深深击中,仿佛这是来自他自己的心声。

在读完这封长信后,他看见了祖父和父亲脸上的泪珠。沉默了半晌后,祖父给他们讲起了自己曾经的故事。在这故事的密林中,他似乎看见了自己的来路,也看见了自己的出路。当天夜里,他睡在祖父的旁边,睡得格外深沉,仿佛潜入了时间的深海。

# 圆　觉

　　接到大舅的电话后，胜利才知道父亲已经在县医院住了整整三天。挂断电话后，他从卧室的抽屉中取出银行卡，放到自己的包里。出去时，迎面碰到了妻子爱花，她问："这么慌慌张张地去干吗？"他只说自己有点事，要出去一下。爱花又问他："是什么事情？"他摇了摇头说："没啥大事，等会儿就回来。"说完后，他便心虚地走出了家门。他心里明白，要是让爱花知道了真相，肯定又会大闹一场，更不会让他带走银行卡。他宁愿说谎，也不愿和她多说几句。为了省钱，他没有坐公交或者出租车去县城，而是开着自家那辆电摩。这电摩是父亲三年前给他买的，不知为何，从那时起，他的心中已经埋下了不安的种子。

　　到了医院后，他把电摩停到了附近的免费停车场，之后便加快了脚步，奔到了医院的三楼。在楼道里，他看到了脸色难看的大舅在窗口旁踱步。看到他之后，大舅质问他为何来得这么晚。还没等他开口解释，大舅便转过头，领着他进了病房。

　　看到父亲的那瞬间，他的心像是突然塌方的房间，满是灰烬与荒芜。他迟疑了半分钟，走上前，蹲下去，抓住父亲满是老茧的手说："爸，我来了，你没事吧？"父亲没有说话，只是摇了摇头，指了指自己的胸口。他握紧了父亲的手说："爸，不害怕，过两天就会好。"父亲依旧没有说话，浑浊的眼睛蒙上了深色的恐惧，而这也是他第一次看到父亲如此羸弱无助的神情。

之后，他被叫到了医生的办公室。医生开门见山地告诉他："你爸的病在这里是看不好了，你要么把他拉回家，要么拉到西安去看看。"他用自己的左手握住自己的右手，犹豫了几秒，问道："我爸是不是得了啥坏病？"问完后，他下意识地摸了摸自己的胸口。医生肯定明白了他的意思，说："他的病况太复杂，这边不能确诊，你还是去西安的大医院看看吧。"他还有几个问题想要咨询，但医生已经把另外一个患者家属叫到了办公室。他的心凉了一大截，只能带着诸多疑问，离开了办公室。

他把大舅叫了出来，和他商量接下来该怎么办。大舅问他带来银行卡没，他点了点头。大舅又问他卡上的钱够不够用，他犹豫了半会儿，叹道："这是我家的全部家当。"大舅再也没有追问，而是从口袋中掏出一张卡，说："这是你爸的银行卡，也没剩下多少钱了。"把卡递给他后，大舅又说："如果要去西安看，我现在就联系鹏鹏，刚好他媳妇在汉都医院工作；如果不看了，咱就把你爸往回拉。"他想都没想，便说："往西安去，一定要给我爸把病治好。"说完后，他觉得自己如同泄了气的皮球，没有任何气力去战斗。接着，大舅又问他有没有给爱花打招呼，他又仿佛来了精神似的说："不用和她商量，家里的事情我说了算。"

随后，他在医院附近雇了一辆家庭救护车，有专门的医护人员陪同。他们把父亲从病房转移到了车内，让父亲平躺在车内的

75

病床上。父亲戴着氧气罩，大口地喘着粗气，时不时地，整个人的肺部像是吹胀的气球，随时都有可能爆炸；没过多久，又平静下来，脸上甚至有解脱重负后的轻松。他尽量不去看父亲的脸，因为他暂时无法接受如此剧烈的变化。车上了高速公路后，他给妹夫建军打了电话，让他到西安一同照料父亲。

这是他陪父亲第二次去西安看病。上一次是在二十年前，自己那时才二十岁出头，愣头愣脑，也是第一次去西安，什么也不懂，那时幸亏有大舅陪着他。那年，父亲以为自己会死，去医院检查之前，便交代好了自己的后事。结果出来后，庆幸只是胆结石。后来，医生在父亲肚子上拉了条口子，取出石头，缝上后没多久，父亲便出院了。很快，父亲又恢复了原样，像往日那样壮实有力。那时候的父亲，就是他现在这个年龄，而现在的自己，仍旧没有做好失去父亲的准备。其实，他心中对大城市有种莫名的恐惧，觉得那里处处都是凶猛的野兽，而自己作为乡下人，仿佛是猎物，有种天生的畏惧感。二十年间，自己再也没有去过大城市。此刻，通往西安的路是如此漫长，而过往的记忆是如此模糊短暂。

两个半小时后，父亲躺在了汉都医院的病床上。幸亏医院里有熟人，要不然，他们连进这家顶级医院的资格也没有，更别说在这里找到床位了。当然，他心里很明白，自己口袋中的那些钱根本不够用。到了医院后，就先预交了两万元，这些都是他一把汗水一把泪挣来的苦命钱。交完钱后，他感觉自己的身体被突然掏空，走路仿佛是飘着，眼前的世界也蒙上一层灰雾。记得两年前，村里的王婶得了胃癌，为了不给家里带来负担，她背地里喝农药自杀了。类似的事情在村里还很常见，尤其是近几年，越来越多的人得了怪病，因为看不起病，只能用这种极端方式结束自己的生命。村里人嘴上很避讳谈论这些事情，心里却暗暗称许这种自我了结生命的方式。他们将这些自杀者视为某种意义上的英雄。他们在心里也做好了当英雄的准备。

其实，把父亲拉到这个医院后，他心里有点后悔，有种陷入泥坑而无法自拔的感觉。医院的空气如此窒息，来来往往的声音在他耳膜中轰鸣作响，有种随时都要爆炸的感觉。他想要立刻逃离这所监狱般的医院，逃离这座城市。然而，他明白自己哪里也去不了，他必须回到父亲的身旁。之后，经大舅的提醒，他才突然意识到父亲以前是铁路工人，也算得上是国家的人，有医疗保险，多少会分担一部分费用，也多少让他松一口气。后来，他又从医院那边了解到，有的治疗项目、药物不在报销范围内，很多大头开支都需要他自己买账。知道这个情况后，他原本放松的心又坠上累累巨石。

也许是父亲预料到了他的难处，把他叫到身旁，很艰难地挤出了一句话："带我回家吧。"他强忍住眼泪，拉着父亲的手说："爸，钱够，别怕。"父亲疑惑的眼神背后更多的是愧疚，好像自己的重病是一种罪恶。自从来到汉都医院后，父亲的病情更恶化了，呼吸变得相当困难，甚至时常抽搐。医生说要等病情稳定了，才能动手术，才能确诊。大舅找来在这里做医生的儿媳妇，儿媳妇又通过关系找到了主治医生。主治医生说他父亲十有八九是肺癌晚期，不过还是要等医院最后的确诊书。了解到这个情况后，他更加恐慌了，不知道接下来该如何面对这些艰难险阻。他想把自己的恐惧告诉别人,又不知道该说给谁听。

下午,大舅离开了西安,建军来到了这里。他和建军更没有什么话可以说,只是来做个伴。他并不指望这个妹夫来了能带钱。他租了一个折叠床,和建军守在病房门口,时不时地要进去看父亲,以及完成医生和护士交代的事情。他的身体快要透支了,甚至快要累得破碎了,却没有丝毫的睡意,也失去了食欲。整个人处于一种悬浮的状态,只要来上一针,就会立即爆破。

与病房内严肃冰冷的气息相比,病房外则是另外一番人间场景。病人的亲友们各自盘地,有的在玩手机,有的在吃外卖,有的在打电话,还有一个五十多岁的女人,对着墙自言自语。有人哭,有人闹,还有人捶胸顿足,好像这里的所有人都在用各自的方式表达着同样的绝望。有个看起来像是知识分子的女人表情相当冷漠,后来他才得知,原来女人的母亲也是肺癌,每天都靠药剂来维持生命,现在就只等人走了,然后直接拉到太平间,随后火化。他问女人为啥不把她母亲拉回家,女人的脸色稍显尴尬,之后又平静地说:"这样不吉利,我们都在单元楼里住着。"又过了一会儿,女人又补充道:"还是你们农村人好,人老了,还可以回家,我们是没有家的人。"

晚上九点钟左右,他接到了爱花的电话。爱花问他咋还不回家,他把实情告诉了她。和他预想的一样,她在电话那头骂道:"李胜利,你为啥现在才告诉我?你是不是把我不当人看?"说完后,爱花便挂断了电话,而他早已没有气力向她去解释什么。他躺在租来的折叠床上,耳旁的声音越来越稀薄,很快他便进入了梦境。

他梦到了自己十五岁那年离家出走的情形。那年,他把自己辍学的消息告诉了父亲。父亲二话没说就打了他,让他跪在墙角好好反省,而这也是父亲一贯的教育方式。那一次,他没有下跪,而是一把推开了父亲,向家门外跑去。那是他第一次反抗父亲,也是他第一次离家出走。他并不知道自己要去哪里,而长路似乎永远没有尽头。那一次,他走了很长的路,看了很多的风景,也突然意识到自己长大成人了,需要独自面对这个世界的凶险与恐怖。

晚上他并没有休息好,头脑中塞满了各种各样的事情,身体散发出汗臭味。在洗手间时,他照着镜子,快要认不出镜中那个疲惫又无助的空皮囊。或者说,他以前一直都是空皮囊,只是这次,他才真正意识到了自己的空洞。说实话,他宁愿一辈子守在农村,也不愿意来到城市。城里没有人间烟火,所有的一切都让他想到某个电影中的末日景象。他很久都没有看过电影了,早已经忘记了电影的名字。年轻的时候,他还有很多个人爱好,还有很多关于未来的计划。如今,这些爱好与计划早已变成废墟。除了苟活,他什么也没有了。

来医院刚过一天,父亲还没有确诊,没有动手术,就花掉了将近五千块钱。他不知道该如何熬过接下来的日子。时间仿佛带着利刃,每走一秒,就会向他的胸口捅上一刀。与此同时,父亲的病朝着更坏的方向发展——几乎说不出话了,呼吸急促,时不时会有痉挛与呕吐。原本壮实的父亲,如今却如此虚弱瘦削。以前动手术在肚皮上留下的刀疤,此刻在唱着时间的悲歌。他确定,此刻正饱受疾病摧残的老人,已经不是自己认识的那个父亲了。

更多的时候，他不愿意去病房，不愿意去见父亲，恐惧中甚至带有厌恶。因此，能让建军去病房做的事情，他都尽量让建军去做。他基本上都在病房外面，来回踱步，又不敢多问医生几个问题。除此之外，他收到了从老家打来的很多电话，基本上都是慰问性质的，并没有什么实质性的内容，当然，除了大舅和姑父以外。不过，他们给出的意见完全不同。大舅的意思是，要彻底查清楚父亲的病情，不要把钱看得太重，人命总比钱重要啊，钱没了可以再去挣，人没了就彻底没了。而姑父的意见则相反，他说："你爸得了这种病，已经没治了，就不要在医院烧钱了，折腾大半天，最后还是人财两空，还不如早点把你爸拉回家，还能见家里人最后一面，总比死在医院要强很多。"

其实，这也是他头脑中的两个声音，他也不知道该做出怎样的选择。要是放到去年，他肯定选择给父亲看病。那时候，他的手头上还有十三万的积蓄。对于村里人来说，这已经算很富有了，够在老家盖一座不错的房子。但是，去年冬天却发生了意外事件。由于贪图便宜，他把十万元借给了弟弟胜民，胜民承诺半个月会连本带息给他还十二万。结果，没过几天，胜民就带着他媳妇从人间蒸发了，再也没有人能联系到他们了。后来才得知，原来胜民在此之前染上了赌瘾，在县城的私人赌场上一掷千金，输掉了很多钱，甚至还欠了高利贷。为了堵上这个缺口，胜民已经在亲戚朋友那里连哄带骗，借了一大圈，包括父亲卡上六万元的养老金，零零总总算起来，大概有六十多万元。胜民还完黑钱后，便卷着剩下的钱，和他媳妇逃跑了。为此，父亲大病了一场。病愈之后，再也没有脸面见村里人，更不去牌场子打麻将了，而是把自己整天关在家里，不是看电视，就是听秦腔。也是因为弟弟这件事情，爱花不是和他闹脾气，就是和他冷战，甚至把离婚常常挂在嘴边。他知道自己理亏，也不和她争辩。过了段时间，他们最后只能认命，只能继续面朝黄土背朝天，哼哧哼哧地从土里刨钱。今年的收成本来就不好，糟糕的是，父亲又遇上了这种状况。他觉得整个世界都在和自己作对。他宁愿躺在病床上忍受折磨的人是自己，而不是父亲。

下午，明明来到了医院。明明是他的堂弟，是整个家族里学历最高的人，是一所大学的副教授。与他的怯懦完全不同，明明先去找主治医生咨询了父亲的病情，随后又和主管的护士进行了简短的交流。不愧是高级知识分子，明明的谈吐之间时不时会流露出从容睿智。不像他，是典型的没文化又实诚的农村人，没见过世面，来到城里后，自觉比别人矮半头，说话的音高自降三调。等问清楚了来龙去脉后，明明对他说："哥，我建议明天再做决定，今天病情还不明朗。"他点了点头说："明明，还是你行。"接着，明明又说："哥，你要是需要钱，就告诉我。"他拍了拍堂弟的肩膀，没有说话，却掉下了眼泪。

明明待到晚上十点钟才离开医院。看着明明离开的背影，他的心里有着说不出的滋味。既为有这样优秀的弟弟感到骄傲，又有悔恨，要是自己当时没有辍学，而是咬着牙一直学下去，哪怕最后读过中专，上个技校，也不会沦落到这种田地。父亲当年因此事打他是出于爱，因为这深深地刺痛了父亲的心。毕竟父亲曾对他寄予厚望，希望他能通过上学来改变自己的命运。那一次，父亲打了他,他逃离了这个家,以为获得了真正的自由。半个月后,他又灰头土脸地回到了家,然而,父亲没有多说一句重话,对辍学这件事情只字不提。不过,他看到了父亲眼中的失落。也大概是从那个时候,他们父子之间就没有了心与心的交流。事到如今,他才明白父亲是爱他的,只是这种爱缺乏表达。他走进了病房,握着父亲的手说:"爸,以前是我错了。"父亲睁开眼睛,眼中没有光,想要说什么,却没有说出口。

当天晚上,他几乎没有睡觉,头脑中全是过往的事情。奇怪的是,他对小时候的事情印象深刻,对近几年的事情记忆却相当模糊。在他的记忆里,父亲还是那个经常穿着工装,经常不在家的铁路工人。后来他才知道,父亲的工作就是沿着铁路走,检查铁道,维修铁道。在那条漫长的通往外面世界的铁道旁,留下了父亲无数的脚步。父亲曾经答应他,带他去走走那条长路,带他去外面的世界。然而直到退休,父亲都没有履行自己的诺言。

不管如何,村里人还是非常尊敬父亲的,原因也非常简单——父亲虽然只是个铁路工人,但是吃国家财政饭,属于国家的人,每个月都有退休金,而这与无依无靠、看老天脸色吃饭的农民有着本质的差别。村里人都以为父亲退休后,他能接上父亲的班,吃到国家的粮食,而他也已经做好了足够的心理准备。造化弄人的是,那一年的政策发生了变化,他突然间失去了接班的资格。当然并不是绝对不能接班,那时候姑父在乡政府做事,只要找他疏通一下关系,还是没问题的。但是,当他兴冲冲地去跟父亲商量时,却意外遭到了父亲的冷脸。父亲直截了当地对他说:"我不去!"他说:"这是能改变我命的事情啊!"父亲的脸色更难看了,嚷道:"你的命,你自己决定。"随后父亲便拉着脸,离开了房间。那天的天气如此之热,太阳炙烤着世间万物,而他的心却冰到了极点。他觉得自己走到了绝望的悬崖处,只要纵身一跃,就能得到真正的解脱。由于生性怯懦,他并没有采取这种极端的方式。

这么多年过去了,父亲始终是一个谜。他并不了解真正的父亲。其中,关于父亲的一个传闻,他始终没有去求证。传闻是这样的,父亲和母亲是娃娃亲,母亲比父亲还要大三岁,在父亲十八岁那年,他们在双方亲朋好友的见证下,举办了简朴的婚礼。两个月后,由于贫下中农成分,父亲很容易便应征去当兵,在陕南一待就是整整四年。复员后,国家分配工作,把父亲安排到西安城北的一家军工厂。也就是在那个时期,父亲和那里的一个女人产生了恋爱关系,传言说他们有了自己的孩子。知道这件事情后,祖母带着母亲去西安,专门去找父亲和那个女人。也不知道中间发生了什么事情,父亲离开了那个女人,工作也从军工厂调到了铁路部门,成了一名铁道工人。全家人都避免谈论这件事情,但他预感这件事情十有八九都是真的。后来,父亲对母亲一直很冷淡,对孩子们也没有什么耐心,又迷恋上了白酒与旱烟,经常不回家,这一切都与这个传闻或许有着隐秘的关联。此时此刻,一切都成了谜语,父亲的魂已经不属于这个世界了。

第二天上午,医生说等父亲的病情再稳定些,才能做最后的确诊。他问医生,如果做手术,痊愈的概率有多大。医生摇了摇头说:"你父亲的病情复杂,不能给出确切的答案。"他又看了一眼账单,仅一天就花掉了近五千元。再这样死撑下去,他肯定会倒下的，爱花又要和他大闹一场。于是，他走出病房，给姑父打了一个电话。姑父依旧坚持之前的看法，又补充道："趁你爸还在，赶紧拉回来，要是在医院没了，那多不好啊。"

随后，他又走进病房，不知道该如何跟父亲说。然而，父亲似乎预料到了一切。还没等他开口说话，父亲便拉着他的手，艰难地吐出了两个字——回家。之后，他浑身又开始颤抖，如铁的脸色异常难看。他把最后的决定告诉了主治医生。主治医生还是建议再观察一段时间，但是他坚持自己的决定，说："抱歉，我耗不起了，我们家会被掏空的。"医生看出了他的难处，摇了摇头说："好吧，我给上面打个报告，之后你们就可以出院了。"

半个小时后，他们把父亲放到了家庭急救车上，有专门的医护人员陪同。为了避免看到父亲，他坐在副驾驶的位置，给司机指路，而建军则坐在后面的车厢里，陪同父亲。车上了高速公路后，突然下起了雨，眼前变成了雾蒙蒙的景象。他看着倒退的雾中风景，内心居然有某种解脱的释然。

车停了下来，雨也停了，不远处的云层中透出虹光，仿佛是对父亲归来的某种肯定。家门口早已经围满了人，他们用各自的方式迎接这个身心俱疲的老人。司机打开了后厢车门，几个男人在医护人员的指挥下，把父亲抬出了车厢，抬进了里屋，放到了床上。医护人员把氧气袋与吊瓶做了简单的处理后，便离开了村子。

每个人都明白，接下来等待父亲的只有死亡。然而，没有人把这句话说出口。看到父亲后，母亲没有号啕大哭，甚至都没有流泪，而是拉着父亲的手说："你终于回来了。"父亲的眼神中满是恐惧的泪水，但已经说不出半句话了。这是他印象中父母第一次，或许也是最后一次握着彼此的手。在他的印象中，父母之间好像没有什么交流。他们各自沉默，像是活在两个世界的人。但是这一次，即将而来的死亡将他们紧密相连。

亲戚朋友以及邻居们都一个接一个来看父亲。有的人会上前和父亲说两句话，有的人则是拉着父亲的手，抹着眼泪，什么话也没有说。没过多久，年近九十岁的老姑走了进来，虽然驼着背，拄着拐杖，但她的精气神却相当饱满，仿佛阎王爷的生死簿中没有了她的名字。老姑坐在床头的沙发上，拉着父亲的手说："我的娃，不害怕，你会好起来的。"父亲看着老姑，想要说些什么，但终究说不出话来。在某个瞬间，他感觉父亲像是刚出生的婴儿，用新生的眼光打量这个早已千疮百孔的旧世界。因为无法承受这种分别之痛，他离开了房间，去外面透透气，抽抽烟，看看天空。

大舅埋怨他回来都不和他商量，他也不知道该如何作答，只是说这是父亲的意愿。随后，他和大舅去了姑父家，商量着接下来该怎么办。姑父家就在村东头，几步路就到了。从小到大，在他心里，姑父几乎扮演着父亲的角色，有什么拿不定的事情，他都会和姑父商量。到了他家后，姑父开门见山，让他赶紧准备葬礼，请相人主事，还有就是准备寿衣。随后，姑父给镇子上的修墓人打了电话，谈好了价格，约他们尽快来这里修墓。也许是看出了他脸上的惶恐，姑父说："不要担心钱，你爸是公家人，国家会出安葬费的，还会发十个月的工资，以后每个月也会给你妈发几百块钱。"之后，姑父又补充道，"再说，葬礼花的钱，光收门户就收回来了，你现在需要钱的话，可以从我这里拿。"

姑父的话给他吃了定心丸。正当他准备稍作休息时，姑妈走了进来，说："快去管管你家爱花吧，刚才一个人去波波的坟前哭闹，好不容易拉回来了，现在又窝在屋里不肯出来，和人来疯一样，全村人都在看咱家热闹呢。"

听完姑妈的话后，他站了起来，准备回家把爱花好好收拾一顿。不料大舅拦下了他，说："让你大妗子去，你妗子以前是做妇女工作的，知道该怎么说。"说完后，大舅便出门去找大妗子。也许是看到了他脸上的疲惫，姑妈让他去里屋好好睡一觉，接下来的几天，他肯定会更忙的。

当他躺在床上时，却丝毫没有睡意。过往的画面，像是放电影一样，在头脑中迅速闪过。他想要抓住时间的吉光片羽，却发现自己什么也抓不住。其实，他非常理解爱花的种种行为。如果自己是爱花，说不定早就崩溃了，或者出走了。尤其是儿子波波的那个事故，对整个家族，特别是对爱花而言，是一个毁灭性的打击。前年夏天，父亲让波波骑电摩去镇上的肉铺买猪肉，没想到的是，骑到镇子的十字路口时，波波被突然蹿出来的面包车撞出了十几米远，人当场就没了。爱花把责任都推给了父亲，不理父亲，不让父亲进门吃饭。而父亲呢，也好像把责任都揽在了自己身上，虽然年事已高，腿脚也不方便，却和母亲卖命似的给他们干地里的农活，像是一种赎罪，从来不喊累。身体有了病痛也不说出来，哪怕后来扛不住了，父亲也不告诉他，而是让大舅带他去县医院检查。如果父亲很早之前把身体状况告诉他，说不定走不到今天这种无药可救的地步。如果自己当年对儿子好点，管好儿子，不让儿子每天不着家，说不定儿子也不会出事。他的头脑中有太多关于过去的假设，然而这一切并没有任何意义，什么也不能改变。也不知道从哪一个点开始，他的人生开始走向更绝望更黑暗的地方。他想要改变这一切，却发现自己没有任何气力了。

等他再次醒来，已经晚上七点半了。姑妈给他做了西红柿鸡蛋面。吃完饭后，他才恢复了气力，于是和姑父一起去看父亲。父亲侧躺在床上，呼吸非常不稳定，氧气袋和吊瓶都已经拔掉了，只剩下等待，等待最后时刻的降临。大多数的时候父亲都是紧闭着眼睛，偶尔会看看外面的世界。父亲的眼神中已经没有了恐惧，取而代之的则是厌倦，对疼痛的厌倦，对生命的厌倦。发病时，父亲面目狰狞，好像要从床上挣脱出来，要把整个肺呕吐出来。对此，身旁的人只能无助地看着，不知道该如何帮助他。有几次，他都好想上前去，帮助父亲得到真正的解脱，然而他还是扼住了这种可怕的冲动。

凌晨五点钟，经历了一番与死神的搏斗后，父亲败下了阵，终于离开这个喧闹的世界。他想要帮父亲闭上眼睛，但是父亲空洞的眼睛始终盯着上方，仿佛有未完成的遗愿。这时候，母亲走了过来，她趴在父亲的耳旁，轻声地说了两句话。之后，她帮父亲闭上了眼睛，然后说道："你爸终于解脱了。"那个瞬间，他的体内突然升起了一种逃离的欲望，因为害怕眼前的一切，他不知道该如何面对没有父亲的生活。

他冲出了家门，沿着路向远处奔跑。他并不知道自己该跑向何处。他唯一能做的事情，就是不停地奔跑，越过时间河流地奔跑，越过黑暗王国地奔跑。多么像多年前的那场逃离，原以为自己会跑向更大的世界，最后却又回到了这个封闭的地方。这么多年过去了，他以为自己的生活早就没有了路。此时此刻，路仿佛又从黑暗中重生，路就在他的每一个脚步之下，不断延伸，不断生长。他不知道，这条长路将要带领他去往何处。

他不知道跑了多久，太阳却从东方一跃而出，鱼肚白的天空中有着<u>丝丝红晕</u>，像是孩子涂抹的简画。身处于一片荒原中，他举目四望，满眼荒凉，所有的路都消失了。他太累了，于是平躺在荒地上，等待着时间给出最后的答案。

# 不如归

## 一

收到你的死讯后,我用手掐了掐自己的脸,痛感让我确定这不是一场虚梦。我来到卫生间,用冷水冲脸,对照镜子,凝视自己陌生的表情。之后,我拿起手机,拨通了曼童的手机号,想问她刚才所说的一切是否属实。还没等我开口说话,便听到了她在电话那头强忍着啜泣,说:"快来吧,就在第四医院二号楼。"

在她挂断了电话后,我整个人都杵在阴影中,化为黑暗的一部分。于是,我再次掐了掐自己的脸,却没有任何痛感了。我打开灯,坐在沙发上,盯着墙上的挂钟,聆听心脏不规则的跳动声。宋瑜从卧室出来,喊了我的名字,问我发生了什么事情,半夜坐在客厅里发呆。我摇了摇头说:"苏老师走了。"

"走了是啥意思?"她更像是在追问自己。

"就是死了。"

说完后,我站了起来,换上衣服,拿上车钥匙,离开了家。宋瑜坚持同我一起去,我没有理由拒绝,因为苏老师毕竟也是她的研究生导师。甚至可以说,要是没有苏老师,我和宋瑜根本就不会认识，更别说结婚了。去年七月，我和她领了结婚证，十月举行了婚礼，而苏老师则是那场婚礼的见证者和主婚人。那时候，他刚刚出版了一本长篇小说，整个人也仿佛走出了无人陪伴的夜路，终于看到了慧光普照。然而，还没等我和他深入探讨这部作品，他却突然离开了这个世界，留给了我很多未解的谜题。

　　一路上，我和宋瑜没有说话，而午夜早已经封住了世界之门。过了高架桥后，宋瑜打开了音响，里面传来贝多芬的《大公三重奏》。这是苏老师最喜欢听的古典音乐。他曾说过只要自己陷入焦灼时，他就会放下一切，独自聆听贝多芬这部音乐作品。他说自己并不懂乐理，但这首曲子给他带来了最大限度的精神安慰。在他的影响下，我也开始系统地聆听古典音乐。然而，对于这部音乐作品的精神魅力我并不能够心领神会。我的心还是太浮躁了。

　　到达第四医院已是凌晨三点十五分。曼童看见我们后，走上前来，分别拥抱了我和宋瑜，并没有太多的话语，只是说苏老师是在夜里突然间喊了一声，之后便没有了言语。等拉到医院时，他已经断了气，撒了手，没有留下任何遗言。

　　曼童问我们是否愿意进去看看他。我摇了摇头，而宋瑜却点了点头。之后，曼童领着她去了另外一个房间。我坐在师母旁，握住她的手，告诉她不要害怕。师母神情恍惚，嘴里一直在嘀咕着什么，好像是在抱怨苏老师把写作看得太重，把生活看得太轻。我不知道该如何去安慰她，而沉默是唯一的选择。

　　再次看到宋瑜，她神色凝重，脸色苍白，摇了摇头，整个人像是刚刚目睹了一场冰雪风暴。我站了起来，抱住她。之后，我和曼童一起去阳台抽烟。她比我年长三岁，刚刚离异，没有子女，在一所二本院校担任文学讲师。除了必要的论文之外，她没有写过一篇文学作品。她曾说过自己并没有文学细胞，也不知道自己擅长什么，自己走的每一步，其实都是父亲帮她安排好的路。她说她没有找到真正的自己，而是在父亲的操纵下，过着一种傀儡人生。

"你知道，我恨过他。"曼童突然说，"但是，他死了，我感觉自己也死了一大半。"

我不知道该说些什么，只能凝视着夜空中摇摇欲坠的星辰。那个夜晚，我们四个人一直守到了天明。随后，宋瑜开着车，去学校上课，而我则向出版社请了三天事假，全程陪着苏老师。之后，医院派车将我们送回了家，一路上，我都不敢直视他因痛苦而扭曲的脸。我甚至妄想着他会突然开口说话，就像以前那样，对我说："佳明，我刚写完一篇新小说，你帮我看看。"这句他最爱说的话一直盘旋在我的脑海，然而，他始终沉默，沉默如同钟声。

毕竟，苏老师是全国有影响力的作家，同时又是重点大学的文学教授。他去世的消息很快在各大网站、朋友圈、微博上传播开来，很多人以不同形式来悼念他。师母和曼童的手机也响个不停，她们一次又一次，接受着他人几乎同样的安慰。没过多久，她们的脸上便显示出了疲惫，然而，又不得不礼貌地回应每一个人。诡异的是，苏老师的手机也会隔三岔五地响起来，而我则负责接通这些来电，一遍又一遍地回应着陌生人的疑惑。有的人会直接问，苏老师，是你吗？你还活着吗？也许是看到了我的无助,师母走上前来,将他的手机直接关机。

接下来的两天,我一直守在他的家里,帮忙料理后事。除了领导、亲戚朋友、同事文友以及学生之外,他的很多读者也前来祭奠,送来花圈以作悼念。让我没想到的是,有好几个人是他的忠实读者,读过他所有出版过的作品,甚至包括那些早期的实验诗歌以及抽象的三幕戏剧。这让我多少有些惊喜,也有些沮丧。因为这么久以来,我一直以为自己是唯一读过他所有作品的人,是最懂得他文学理想的人。

晚上,我睡在他家的书房。书房中整整半面墙是他自己的作品,包括十二部长篇小说,九部中短篇小说集,五本散文集与两本诗集,以及收录他作品的各种文学杂志。其中,有的长篇成为畅销书,有各种各样的版本,包括一些外文版。与此同时,早期的那两本诗集成为孤本,泛着旧时代的尘味。虽然我读过他所有的作品,是他最忠诚的读者,但是当独自坐在这个属于他的文学空间里,我更感觉自己像是一个闯入者,一个陌生人,一艘没了航标的船。

夜里,我又翻看了我们之前的微信聊天记录。大多数是对文学作品的探讨,还有一些关于音乐、绘画、哲学与电影的分享。最近的一条记录是在他去世的前天夜里,他说他打算写一篇短篇小说,名叫《如归》,但还没有找到合适的切入点,一个字也没写出来。我问他小说的大概内容是什么,他说是一个未出生小孩的心理独白。直到此刻,我都无法确信这便成为我们对话的终点。

两个夜里,睡在他的书房,我以为会梦到他。然而,什么梦也没有。

第三天上午,告别仪式在长安殡仪馆举行。他躺在那里,双目紧闭,整个人也比过去缩小半圈,仿佛已经适应了死亡这件紧身衣。当所有人在哭泣时,我唯一想做的事情就是逃离此地,逃离自己,去往没有尽头的荒原。然而,我哪里也没有去。我被这无言的痛苦囚禁了。

离开殡仪馆后,我望向天空,看到了缕缕青烟。那是死亡的象征,更是某种重生的预兆。

## 二

要不是你突然离世,我几乎忘记了我们最初相识的种种场景——死亡将这些回忆推向舞台的前景,而我则成为其中唯一的观众。

死亡把我推向了记忆的时间王国。

二十二岁那年的夏天,我拉着皮箱,背着书包,耳朵里塞着民谣,去位于长安城东部县城的一家国企报到。那时,我刚刚大学毕业,中间没有任何休憩,便拖着疲惫的身躯,开始了所谓的新生活。说实话,我对即将到来的新生活没有任何期待,对过往的大学生涯也没有任何眷恋。怎么说呢,我只想好好休息,只想停滞不前,然而又害怕落后于他人。总而言之,未来和过去对于我而言,是一团谜语,是没有岸的河流。

大巴离开长安城后,我从书包中掏出了一本名为《新生》的长篇小说,作者便是苏城。上高中时,我就听过你的名字。有一次,你的散文甚至出现在了高考测试卷中。那时候,我对文学并没有太多的热爱，只是像机器人那样应付所有的考题。上大学后，我选修了"西方文学名著导读"这门课，而主讲人就是你。当然，像我这样如此普通的学生，你肯定也没有什么印象。但是，我喜欢你的课，尤其是你讲的《浮士德》与《百年孤独》。对于一个主修人力资源的学生而言，那是我灰暗的学习生涯中的璀璨星辰。也许，你早就忘记了，那门选修课我得了九十八分，位于全班第一名。那也是我在大学期间最好的成绩，也是我最不值得一提的骄傲。我不喜欢我的专业，对大学生活也相当失望，曾经一度想要辍学。然而，不瞒你说，自从上了你的选修课，我重拾对学习的兴趣，仿佛在黑暗中看到了依稀微光。

那个学期，我读完了你推荐的所有的书，甚至做了很多读书笔记。当然，我不会让其他人看见我的变化。内心的喜悦在体内独自成长，生花结果。那时候，我没有问过你一个问题，而你似乎也从来没有注意过我，连接我们的是莎士比亚、歌德和托尔斯泰等文学家。我知道你是知名作家，那时候却没有读过你的一本书，也许是因为害怕失望。毕业后，我所做的第一件事情就是从书店买了一本《新生》，也许是为了当作一种告别的仪式。

没有想到的是，《新生》中的内在声音唤醒了我体内沉睡太久的野兽，重新燃起了我对生活的热爱。记得那是个雨夜，读完你的书后，我有种强烈的表达欲望，想要把自己的困惑讲给他人听。然而，举目四望，皆为荒芜。在这个陌生的县城，只有我是自己最熟悉的人。于是，我打开笔记本电脑，对着空白的文档，忘我地写完了一篇读书感受。之后，整个人瘫软在床上，回想着自己的深渊时刻。突然间，我仿佛被一束光所照亮。我打开网页，搜到你的博客，浏览了一番后，便关注了你。之后，我给你发了一条私信，介绍自己是你的学生，说自己非常喜欢《新生》，同时写了一篇读书笔记，想发给你，问能否得到你的邮箱。发完私信后，我关掉了电脑，凝视着黑夜中的幻影。当然，我并没有期待能收到你的回复。

三天后，我收到了你的回复，只有短短的几句话，却让我倍感荣耀。你说你记得我，也记得我当时写的那篇关于《到灯塔去》的小论文，夸赞我有着超越年龄的成熟与才情，并鼓励我多多写作。之后，你留下了你的手机号码与电子邮箱。我存下你的手机号码，然而没有发短信，更没有打电话，只是把那篇文章发给了你。之后，我深吸了一口气，缓缓吐出，仿佛行驶在夜间的船看到了久违的灯塔。之后，我在网上又订购了你的另外三本长篇小说。

不得不承认的是，在读完你的《新生》后，我开始写自己的第一部小说。原来，真正的创作比想象中要艰难太多，仿佛在夜间手持火把，稍不留神，火焰便会熄灭，只剩黑暗。在读完你的第四本长篇小说后，我也写完了自己的第一部中篇小说，三万余字。我鼓起了勇气，把这部小说通过邮箱发给了你，之后便是诚惶诚恐的等待，同时伴有莫名的羞愧感。在这等待中，我看见了更真实的自己。

一周后，我收到了你的回信。首先是肯定，接下来，你列出了七条详细的修改意见，并且指出了其中的一些逻辑问题。你让我修改后，再重新发给你。在信的最后，你再次肯定了我的写作天赋，这也让我喜极而泣。因为那个时候，我工作特别不顺利，与同事的关系也相当淡漠,每天想的都是如何逃离这个陈腐逼仄的县城。在那些昏暗的日子里,你的存在照亮了我。十天后,我把修改后的小说重新发给了你。之后,我便尽力去忘记这件事情。

一个多月后,我收到了一个文学编辑打来的电话,她说我的中篇小说通过了终审,将在今年的十二月份推出。之后,她又强调,很少有新作者以头条形式登上这个杂志。惊喜之余,我最感谢的人还是你。收到样刊的时候,我仔细地重读了那些变成铅字的文字,仿佛这部作品出自另外一个人。当然,我没有把这件事情告诉身边的任何人,这是属于我和你之间的秘密。在这件事情的推动下,我又写了三篇短篇小说,也陆陆续续地在不同的文学杂志上发表。实话说,这件事情改变了我人生的航向,让我重新思考自己的未来。

第二年的七月初,我把辞职报告交给了领导,之后便离开了那座本不属于我的城市。在返程的路上,我重新阅读你的《新生》,更加体悟其中对生活的种种洞见,对自我的重新认知。我知道,是时候要抛弃枷锁,开始自己的新生活了。

## 三

除了你之外,我没有把辞职这件事情告诉任何人。我又回到了长安城,在靠近母校的城中村租了一间狭小的房间。整整一周,我都没有找工作,而是在这座城市闲逛,开始重新打量眼前的世界。然而,我却找不到自己的出路——我从一个小迷宫来到一个大迷宫。最后,我坐在母校的图书馆前,给你发了第一条短信。

晚上八点的时候,我收到了你的回复,你约我明天中午在母校的川菜馆吃午饭。这完全出乎了我的意料。我原本以为会收到你象征性的鼓励,然后是非常客套的话,即使没有任何回复,我也非常理解你。当天夜里,我开始读你的散文集,还不知道该以怎样的精神面貌来面对你。从第一封邮件开始,我已经给你发过二十五封信件,也收到了你十六封回复信。但是,我从来没有向你说过自己的精神困惑,自己的生活焦灼。在我心里,你走在光明大道上,而我只能在蜿蜒曲折的路上艰难而行。在你的一篇散文中,你说自己曾经梦到走进一片蓝色森林,除了心跳声,周围再也没有半点声音,而你被困于此,找不到来时的路。也许你不知道,我曾经也做过类似的梦。只不过,我听到的不是心跳声,而是野兽的嚎叫。

次日,我提前十分钟来到了那家川菜馆。很快,我便看到了你的身影,和当年上课时的样子没有多大改变,眼神矍铄,精神饱满,整个人仿佛被光所环绕,周围的一切也黯淡了下去。我站了起来,而你走上前来,握住我的手说:"小伙子以后肯定会有大前途。"点完菜后,我掏出了那本散文集,以及那本《新生》,让你帮我签名。随后,我们便开始聊文学,聊你的文学作品。更多的时候,是我在诉说,而你在聆听。

吃完饭后,你突然问我以后有什么打算,毕竟不能这样闲逛下去。我迟疑了一会儿,说想要报考你的研究生,不想再做之前的工作了。这似乎也是你想要的回答,你笑了笑说:"和我想到一起了,你好好准备,肯定没有问题。"之后,我陪你一直走到学校办公楼。一路上，我们都没有怎么说话，而我的心中涌出了光，感觉离你又近了一步。

我很快在网上给自己找了一份兼职工作——在教育机构教初中生英语，以此来保证自己最基本的生活开销。不久后，我与女朋友和平分手。于是，剩下的时间都只属于自己。我为自己制订了详细的复习计划。我借了学弟的图书证，把大量的时间都用来泡在学校的图书馆。那段时间，我将自己完全清空，除了备考之外，心无杂念。甚至在临睡前，也要背上一段单词，看看时政热点，默念并消化那些文学理论。我知道，未来的世界就在我的手上，而我要做的就是紧紧拽住自己的梦。在临考两个月前，我辞掉那份兼职工作，以最大的热诚专注于备考这一件事情。只有我知道，自己面临的是什么，改变的又是什么。

我湮没于人海中，只想成为最普通的水滴。

长安城初雪那天，在去往图书馆的路上，我摔倒在地，眼镜也被自己踩坏。我当时的第一想法不是有多痛，而是又要浪费半天时间，去换新的眼镜。我把书放到了图书馆后，立即去学校附近的眼镜店，重新配了副眼镜，接着又投入到这场一个人的战争。

在你的一篇名为《路》的散文中，你谈过自己创作《新生》的经历。那也是在冬季，医院查出你患有一种罕见的心脏病，随时都有离世的可能，而那时的你，身体状况确实糟糕，经常会咳出血。你觉得应该给世界留下些什么，还有些重要的想法没有写出来。于是，你把自己囚禁在房间，同时戒掉了烟酒，以最大的热情与虔诚写作《新生》。那时候，时间就是恶魔，你只能用文字与其斗争，而这只能是你一个人的战争。整整五十六天，你以胜利者的姿态完成了那部三十万字的长篇小说。更惊喜的是，你奇迹般地恢复了健康，获得了新生。

每想到这件事，我的内心便涌出更多的力量。

备考这段时间，我和你保持着简单的联系。每次遇到难题，便会给你发邮件，而你总是耐心地解析我的每一个困惑。不知为何，我觉得你更像是我精神上的父亲。我对自己的亲生父亲也没有如此依赖。其实，我那时特别害怕失败，害怕辜负了你的期待。

距离考试越近，我的内心反而越加平静。太累的时候，我会走出图书馆，在校园中散步，有时候会凝视天空的深处，看到隐约而现的天光。

## 四

也许就是天意，我以笔试第一、面试第二的成绩通过了考试，成为你的学生。在面试的时候，我曾经发表的四部中短篇小说甚至起到了决定性的作用。收到录取结果后，我第一时间给你打了电话，感谢你对我的支持与鼓励。这也是我第一次给你打电话。之后，我给母亲打了电话，把这个消息告诉了她。我收拾好东西，准备在老家待上一段日子。因为之前一直隐瞒自己辞职的消息，同时为了备考，我甚至连春节都没有回家。除夕的夜晚，我独自一人在廉租房里，吃了碗速冻饺子，看了部惊悚片。户外的团聚热闹都与自己无关。庆幸的是，我告别了这段孤苦无依的日子，又有了新的生活盼头。

从老家回来，我依旧住在这间廉租房里，心却变得踊跃而明净。我在附近的教育机构重新找了份兼职工作。剩下的时间，又完全归于自己。除了泡图书馆之外，我又重新写起了中短篇小说，写好之后，修改三遍，然后再发给你，请你批评指导。与此同时，你也把自己新创作的小说第一时间发给我，让我多提提意见。有那么几个瞬间，我觉得你并不是遥不可及的名作家，而是我真正意义上的文学导师。对于写作这件事情，我似乎变得越来越笃定。但是，我从来没有对家人提及这件事情。

九月，我重新坐在大学课堂上，成为你的学生。更有趣的是，在你的推荐下，我作为新生代表，在开学典礼上发了言。在发言的最后，我特别感谢了你，不仅是作为精神上的导师，更作为思想上的灯塔。我的新生活也算正式起航了。

也就是从研究生开始，我成为你的学生、朋友、读者，甚至是某种意义上的亲人。你所写的每一部作品，无论是长篇，还是中短篇，甚至是演讲稿和散文，我都是第一读者、第一编辑，也是第一评论者。到了后来，你写完了第一句话，我甚至能猜到你即将要写的第二句话是什么。后来，出版社要为你出一套全集，而你推荐我担任其中的编校之一，一来是出于信任，二来则是为我提供了一份实习的机会，还有一部分物质上的报酬。这些帮助我都铭记于心间。

也许，正是因为这份信任与欣赏，你在某种程度上越来越依赖我，几乎每天都要和我进行不同程度与不同形式上的沟通，而督促我写作也成为重要内容。不得不承认，上了研究生之后，我写作的热情减弱了，表达的欲望也淡薄了。写作时，你的声音会出现在我的脑海，影响了我的创作风格，甚至连语言也变得趋同。有一位批评家看出了这点，他在一篇文章中写道，李佳明的小说继承了苏城的艺术风格，其作品有一种超现实主义的寓言化特质。对此，我不知道是喜是悲，是苦还是乐。不可否认的是，我的想象力本身变得枯竭，而我对此无能为力，只能看着写作天赋一点点离开了我。我知道自己活在你的阴影之下，无法逃离，也无法回避。我佯装出了一种热情，没有人会看到我的失落。

也就是在那段迷惘时间，宋瑜出现在我的世界，成为我的恋人。爱情冲淡了写作带来的焦灼，而宋瑜本身也对文学并没有热情，她只想拿到硕士毕业证，以此来找到更好的工作。其实，大多数攻读文学硕士的人，都是同样的想法，几乎没有人是为了成为作家而学文学。也许，这也是你特别器重我的原因。

在你生日那天，你特别邀请我去你家里做客。那也是我第一次去你家，也是第一次见到师母与曼童。那段时间，你刚好写完了一本长篇小说，心情愉悦放松。晚饭时，你问我能否喝酒，我点了点头，然后，你又强调是高浓度的白酒。我没有任何迟疑，还是点了点头，并且说以前常陪自己父亲喝白酒。你笑了笑，让曼童取出白酒，为我们四个人各倒了一杯。三杯下肚后，师母要收掉白酒，你却坚持要和我把那瓶喝完。喝了多半瓶后，你的话也变得多了，开始回忆往事，回忆那些艰难时刻。虽然喝了不少酒，但我的意识却相当清晰，因为你所经历的那些过往，对我而言，有一种独特的魔力，让我了解更真实的你。之后，你话锋一转，眼含泪水，突然说，你和我儿子同年同月，不知道他过得好不好。之后，没有人再说话，而我也抑制住了自己的好奇心。

那个夜晚,我留宿在你家,睡在你的书房,头脑中空空荡荡,迅即而来的风什么也没有带走。后来,我才知道你的儿子还没有诞生,便离开了这个世界。那是在计划生育最严格的时期,师母有了第二胎,在医院检查时,确定是个男孩。在六个月身孕的时候,却被人举报,而组织给你两条路:一是做掉孩子,只有警告处分;二是保留孩子,解除一切公职。经过几日炼狱般的思考后,你最终选择了前者。在师母被送入手术室时,你第一次在公开场合失去了控制,痛哭流涕,也许这个选择成为你一生绕不过去的梦魇。

知道这件事情后,我对你有了更深刻的理解,甚至带着某种痛惜。也许是从小与父亲关系疏离的原因,我在你的身上看到了理想中的父亲形象。当然,我们都不会把这件事情说出来,而是用彼此的行动来验证这个事实。

自从那次生日之后,我和师母、曼童也建立了联系,也经常去你家做客,甚至还陪师母去商场买衣服,陪曼童去海洋公园看海豚,中秋节和重阳节也是在你家度过的,我几乎扮演着一种家庭成员的角色。从小,我就不喜欢自己那个破碎之家,不喜欢父母之间的冷漠,我一直渴望着有一个知识分子般的家庭。在你的家里,我获得了曾经梦寐以求的轻松喜悦。

上研究生的第二年,在你的推荐下,我出版了自己的中短篇小说集,之后,又出版了自己的第一部长篇小说。在你的建议下,文学院组织了一场关于这两部作品的研讨会。学者和作家们对这两部作品提出了一些建议和批评,更多的则是肯定和鼓励,他们认为我是文坛冉冉升起的新星,代表着一种新的文学声音。

在那场研讨会之后，我变得异常焦灼，想要拿出更好的作品来证明自己。然而，越焦灼，越写不出任何东西。长久地凝视空白的文档，我看到的只是自己深渊的倒影。整整三个月后，我一个字也没有写出来。在放弃写作的那一瞬间，我整个人释然，仿佛是从绞刑架上走下的囚犯。为了不让你失望，我从未把自己的状态告诉过你。

从研讨会到研究生毕业，我连一篇短篇小说都没有写出来，像是被诅咒的普罗米修斯，等待着火焰的降临。

毕业后，我去了省内的一家出版社做文学编辑，而宋瑜则如愿以偿，留在了长安城，在一家重点中学做语文教师。

没过多久，我和宋瑜便结了婚，而你则是主婚人。

## 五

工作之后，如果不是别人主动问起，我从来不会说自己曾经出版过两本书，也从来不说自己算是半个作家。所谓的文坛也是一个游乐场，你可以很快拿到入场券，然而一旦没有作品，很快便会出局。作为文学编辑，我更能体会到这一点，有的作品还没有诞生，便已经死亡；有的作品曾经洛阳纸贵，很快又销声匿迹；有的作品水准甚高，却无人问津。总之，看得越多，我对文学越发淡漠，越没有兴趣写作。当然，这也是我给自己找的托词罢了。

慢慢地，我也理解了你的勤奋，你的偏执，甚至是你献祭般的疯狂。你曾经说过，只要一天不写作，就觉得自己是荒废时日，就有种挫败感。除了上课之外，你大多数时间都闷在家里，写头脑中那些念念不忘的故事。有一次,你甚至说你对自己以前写的东西都不满意,你期待写出真正不朽的作品。作为你的学生,我所能做的就是多和你交流,并且时常提醒你注意自己的身体。有一次,你说自己梦见了死亡,甚至看见了死亡的面孔,但是,你无法用具体的语言来描述那场梦。

像以往那样,我依旧是你作品的第一读者。不知为何,我在你最近的这几部作品中看到了死亡的阴影,看到了梦魇的形态。在你最新的这部长篇中,死亡甚至成为作品的重要主题,你甚至在其中直接描绘死后的世界。原本,我想和你面对面,好好谈一谈最新的这部长篇小说。不幸的是,还没来得及深入交流,你却突然离开了这个世界,去了我们不曾见过的别处。我真的想知道,那个世界是否像你作品中所描述的那样深邃寂静。或许,你早已经预见了自己的死亡。你没有留下半句遗言,或许是因为,你最后的这部作品便是对生活的总结。是的,我宁愿相信自己的这种推测。

在你去世之后,我又重新阅读了你的最后一部长篇。我确信你并没有离开我,而是以另外一种形式存在于这个世界,这种形式更加坚不可破,甚至连时间都无法将其摧毁。

在你死后第七天,我又重新翻看我们在微信上的聊天记录,又看到了那条你关于短篇小说的创作计划。突然间,我仿佛得到了某种神启,立即放下了手机,把自己关在书房。之后,我打开了电脑,建立了新的文档,在上面敲出了"如归"两个字。我凝视着空白文档好久,之后,仿佛是着了魔般在上面敲打着文字。那些故事,那些过往,那些痛苦和困境,解脱与释怀,开始从我的心流淌到手指，从手指流淌到纸页。虽然很久没有写作了，然而有一种奇特的声音在我心中浅吟低唱。我明白了如何用未出生孩子的目光来重新描述，甚至重新创造这个世界。在写作过程中，我几乎忘记了我自己，甚至在某个瞬间，我不知道是自己在创作，还是你借着我的躯壳在创作。或者说，是那个未出生的孩子在创作。所有的一切，都在创作中融为一体，获得新生。

五个小时后，我写完了这篇名为《不如归》的短篇小说。我走到了窗边，凝视着户外的黑暗，突然尝到了泪水的咸涩。之后，我习惯性地打开了邮箱，把这篇小说通过邮件发给了你。我打开了音响。贝多芬的《大公三重奏》从午夜的深处流淌出来。我关掉了灯，独自坐在黑暗中，聆听着时间的脚步声，仿佛找到了自己真正的家。我突然明白，你没有存在过，也因此从未消失。

# 北冥有鱼

一

诺亚叔叔突然间失踪了，没有人知道他的下落。我也是从父亲那里得到这个惊人的消息。从电话这头，我听到了父亲沉重的叹息声。半分钟的沉默后，父亲说："唉，这都是命啊。"从我小时候记事开始，这句话就经常挂在他的嘴边，像是随时都可以拿出来兜售的生活格言。不知为何，我那时候会因为这样的人生论调而羞耻，这种羞耻总是与我个人的出生有着千丝万缕的关联——即便在这座城市待了十余年了，我依旧无法切断与故乡的隐秘紧实的联络——那个穷乡僻壤依旧是我精神生活的后花园。当然，我的精神世界已经被枯燥庸常的生活压榨得所剩无几了。

结婚前，我用自己的存款付了首付，在三环外的高层买了一套两室一厅的房子。付完首付后，卡上的钱也所剩无几。结婚后不久，我们便告别了租住生活，搬进了明亮清净的新房子。与此同时，我的户口也落到了长安城。从形式上讲，我与故乡已经没有法律意义上的联系。然而，从本质上讲，我仍旧与那个地方有着割不断的关系，故乡仿佛是看不见的网。虽然不经常回老家，我却知道那里发生的很多事情：不论是红白喜事，还是天灾人祸。而父亲则是我与故乡关联的重要桥梁。每次接到他的电话，便又知道了故土的最新动态。

其实，我每一次的态度都比较冷淡，对他所说的话题并无多大兴趣。不过，我要佯装出某种热情——生活早已经教会了我戴上最合时宜的面具，即使面对家人，也无法交出真正的自我。然而这一次，当听到诺亚叔叔突然失踪的消息时，我所表现出来的热情也许惊到了父亲。我想知道其中更丰富的细节，以及事件的缘由和过程，父亲却一反常态，显得疲惫与冷漠。我明白父亲的心思，但没有说破。长久以来，我们父子之间形成了一种古怪的默契：我们总是可以巧妙地回避那些问题的核心。

在这股热情的驱动下，我事先并没有给父亲打招呼，而是选择在周六清晨开车回家。虽然只有三个小时的路程，我却大半年没有回家了。不知为何，故乡深处有种排斥我的力量。越是靠近，这股力量越强大不安，而故乡的面貌也越发陌生。等我把车停到家门口，从车里走出来后，门口有几位老人用奇怪的眼神打量着我。不知为何，与他们打招呼时，我先说出口的是普通话。随后，我立即纠正口音，变成方言。他们看出了我的尴尬，我突然意识到自己早已成为故乡的异乡人。

看到我的突然出现，父亲的喜悦洋溢在他铁灰色的眼睛中。他转过身，喊着母亲的名字，告诉她我回来了。母亲从房间中走了出来，放下手中的毛线，问我午饭准备吃什么。还没等我回答，母亲便替我做了决定。随后，父亲开着那辆半旧的面包车，拉着母亲，一同去镇子上买肉买菜。我想和他们一同前往，但母

107

亲执意让我留在家里休息。他们已经把我当作这个家的客人了。

午饭时，姨妈和舅舅也来了。我们一同围绕着饭桌，上面摆放着四个炒菜，而最中央的则是母亲最拿手的香辣大盘鸡。只有在重要的家庭聚餐上，母亲才肯拿出这道重头菜。所谓的聚餐，也只不过是家人们在一起闲聊罢了。话题永远都是那些亘古不变的家长里短与鸡零狗碎，以及对我生活的盘点与质询。小时候，我特别厌恶这种聚餐，却又留恋桌上的美食。如今，我对各种美食早已有了抵抗力，却喜欢听他们的闲言细语。与此同时，我再也不用担心来自他们的各种质问，因为无论从何种角度去看，我都是他们眼中所谓的成功者：有重点大学的硕士文凭，有收入高的工作，有车有房，而妻子也有稳定工作，儿子也刚上省属幼儿园。然而，他们并不关心我为此走过的艰难曲折的路。

在他们谈话的间歇，我终于抛出了那个问题："诺亚叔叔为啥会突然消失了呢？"这个问题如同消音器，足足三分钟，饭桌上都没有人说话，只有饭桌下的猫发出了叫声。之后，他们给出了这个问题各种版本的故事。有的人说他是畏罪潜逃，有的人说他自杀身亡，更离谱的说法是，他哪里也没去，还躲在那个被封锁的楼房。这些迥异的说法背后，却有着同样的缘由：诺亚叔叔欠下了一大笔高利贷，也得罪了背后的黑社会，利息越滚越多，在没有办法继续欺骗下去时，他选择了销声匿迹。

随后，姨妈又补充道："他把亲戚朋友都骗了一圈，有好几家都被他掏了个空，这种人真是没良心。"舅舅紧接着说："那些黑社会的人时不时还会来这里，扬言要杀了他全家，村里也没有人敢招惹他们。"

我隐藏了自己的沮丧,还随声附和着他们的某些看法。甚至当有人说像他这样的骗子早应该去死的时候,我甚至点了点头。事后,我为自己的怯懦残忍而羞耻。

午饭后,我独自去诺亚叔叔的家。他们家的附近早已长出了满地荒草,有两只野狗在门口争夺一根骨头,而门上缠着一把黑锁,显示出冷森恐怖的气息。也许没有人知道,很多年以前,他们家的这座三层楼房是我心中最美丽的圣殿。

## 二

在我上小学四年级那年,孟庄发生了一件格外醒目的事件:在绝大多数家庭还住在砖瓦房的大背景下,这里突然升起了一幢三层高的小楼房,而楼房的主人则是赫赫有名的诺亚叔叔。村民们对他的任何新潮的创举都早已习惯,并且带着某种好奇与纠葛的心态,等待着他去革新这座封闭的村落。

他是这里第一个拥有彩色电视机和冰箱的人,也是将电话线与自来水引入孟庄的第一人。最重要的是,他在村子西头的荒凉地带,建立了一座造纸厂,与这里的农业生活形成了鲜明对照。很多大人在背地里说他的钱来历不明,说他是骗子和魔鬼。然而,在他面前,他们又变成另外一张脸,极力地去讨好他,以便从他那里捞到好处。不管别人怎样评价,他在我心里却是神一般的存在,即便当时的我并不知道神为何物。当然,如今的我也不理解神,但我并不是坚定的无神论者。

当看到那三层高的小楼房时,我对他的崇拜几乎上升到巅峰位置。然而,接下来的便是深刻的失落与自卑。因为那些富有的生活与我并没有关系,我很快便从幻想坠落到现实,坠落到那冰凉寒酸的灰房子。在那间房子里,我始终没有自己的独立房间:刚开始和父母挤在一个房间,稍大以后,又换到了祖父母的房间——祖父去世那段时间,我总是能在梦中听到他呼唤我的声音。我想要逃离这个狭小空间,又不知道该逃往何处。于是,我将自己内心的积怨算到了父亲一个人头上,但我很小就懂得通过隐藏自己来保护自己。从小到大,我都是自己精神世界的流亡者。

没过多久,诺亚叔叔便邀请父亲去他家喝酒吃饭,而我也第一次进入他家的新城堡。莉莉怀里抱着花猫,带着我去参观她家的新房子。她介绍的语气中带着炫耀的成分,而这恰好也符合她在我心中的公主形象。她是我们班最好看也是最有钱的女孩,包括我在内,有好多男孩都喜欢她,又不敢靠近她。她有一个姐姐,比我们大两岁,名字叫作茉茉,她们姐妹就像是孟庄的茉莉花——很少有人见过真正的茉莉,但人人都喜欢这种花。在她面前,我总是低下头,不敢直视她。然而,当她有不懂的数学题来问我时,我总会扬起头,神采奕奕地给她详解其中的奥义。不得不承认,她是我学习的重要动力。为了避免让她失望,我在学习上花费了很大力气,又要装作轻松愉快的样子。

她带我到了顶楼,然后指着其中的一个房间,说:"喏,这就是我的卧室和书房。"房间里虽然只有一些简单的家具,但南墙上挂的绣着花边的大镜子以及镜子旁的书架让这个房间异常丰富。我看到了镜中的自己——傻乎乎的表情也无法隐藏的羡慕。在那个贫瘠年代,那是我第一次看见这么多的课外书。也许是因为天生的魔力,我被那些书吸引了过去,开始默读那些或熟悉或陌生的书名。也许是看出了我的着魔，莉莉答应把书借给我读，但每次只能借我一本。我感谢了她，然后将口袋中的五颗玻璃球送给了她。我们站在楼顶，听着风声，看着眼前的鸽群与云朵。我侧过头，看到了她骄傲眼神中的光芒，而在这种光芒下，我显得更加灰暗渺小。

我从她那里借到的第一本书是凡尔纳的《八十天环游地球》。之后，我便沉溺于这本书所描绘的更大的幻想世界，而新生活也仿佛在我的眼前慢慢展开。大概用了一周的课余时间，我读完了这本书，并且立誓长大后要离开孟庄，去更宽阔的世界生活。虽然读的是注着拼音的简写本，但这本书却成为我漂泊在这世间的隐形灯塔。奇怪的是，我买过这本书的好几个版本，但我从来没有翻看过其中的一本。记得归还这本书时，不知从哪里来的勇气，我对她说，莉莉，我以后带你去世界各地玩。她看了看我，没有说话，而是把书放回了原位。之后的三天，她都没有和我说话。

有时候，那些男同学会在教室里指着莉莉喊她是我的媳妇。她涨红着脸，从来不和他们理论。而我呢，有时候会因此和他们打起来，更多的时候，则是选择沉默不语，但心里还是存有一丝喜悦。毕竟，她是我们班最耀眼的女生。其实，所有人都知道诺亚叔叔是我的干爸。在莉莉出生后没多久，他就半开玩笑地说要给我们定娃娃亲，要把他的二女儿嫁给我。长大后，我才渐渐意识到我俩之间的差距，而我也配不上自己心中的公主。但是，我又不甘堕落，努力用学习成绩来消除我们之间的这种差距。我甚至幻想有一天，自己也能住进这座三层高的宫殿，拥有属于自己的独立房间。

然而，我这样的白日梦只能放在心里，这个世界不允许我说出自己的秘密。我有时候会把其中的一些秘密有选择地告诉诺亚叔叔。他答应我不会把这些秘密告诉任何人。他平时很忙，很难见到他的人影，但时不时地，他会开着车，带茉茉、莉莉和我一起去县城玩。有时候是去游乐园，有时候是看歌舞表演，而我和莉莉最喜欢的便是马戏团表演。当看到那些动物在舞台上表演时，我心中的落差感才会短暂消失，误以为自己和他们是真正的一家人。当老虎钻火圈的瞬间，我抓住了诺亚叔叔的手，紧闭住眼睛。等眼睛睁开时，老虎已经跳过了火圈，而我也放下了他的手。那瞬间，我真的以为他就是我的父亲，而这个想法留存在我体内太多年了，时间也无法将其吞噬湮没。

那时候，我发自心底看不上自己的父亲，觉得他矮小，贫穷，性格懦弱，而最让我无法接受的是他的跛脚——因为三岁时的一场意外，他的左腿落下了终身残疾。而诺亚叔叔呢，则完全是父亲的反面：高大，富有，性格坚毅，同时对人又很谦虚客气。在我小时候，有人曾说我母亲是诺亚叔叔的女人，而我则是他的亲生儿子。我知道那些都是谣言，但又渴望字字属实。

有一次，我终于按捺不住好奇，便去诺亚叔叔的工厂找他。在办公室看见他后，我直接问他："你到底是不是我爸？"他没有直接回答我的问题，而是反问道："鲲，你是不是和你爸闹别扭了？"我没有回答，而是直接说："我讨厌那个男人，我想让你当我爸。"说完这句话，我看到了他脸上的温柔褪去，满脸严肃，对我吼道："不准你这样说你爸，你知道他有多不容易吗？"我还是没有忍住委屈，哭着离开了他的工厂。这是他第一次，也是唯一一次对我发火。事后，他没有再提这件事情，而是给我买了新书包和新玩具。这么多年来，我再也没有质问过他任何事情。

当然，诺亚叔叔并不总是披着坚硬铠甲的战士。有时候，他也会流露出柔软的一面。那是六年级寒假刚开始，我拿着自己所得的奖状去见他。像往年一样，他夸赞了我，之后给我发了奖金——这也成为我们之间约定俗成的秘密。也许是因为那天太累了，他突然感伤地说："唉，要是当年再多考四分，就能上大学了，就不用留在这个破地方了。"也许是看出了我的疑惑，他的忧伤立即转变为喜悦，说道，"鲲，你要好好学习，以后肯定会有大出息！"

## 三

小时候，让我骄傲的除了学习成绩，还有自己的名字。每当有人问起我名字的来源时，我便会清理清理嗓子，然后故意做出深刻神情，将烂熟于心的那几句话缓缓吐出："北冥有鱼，其名为鲲；鲲之大，不知其几千里也。"接下来，我会看到那些似懂不懂的表情。他们会让我解释这几句话，而我则一律拒绝，让他们自己去体会。其实，我也是上了高中之后才理解其中的寓意。

诺亚叔叔为我起的这个名字，从一开始便为我的生命带上了某种符咒。不知为何，我几乎不叫他干爸，只叫他诺亚叔叔。记得初二那年的初冬，气温骤降，父亲和诺亚叔叔来镇上的中学，给我送保暖的衣服。放学的时候，我看到了那辆醒目的小轿车，诺亚叔叔则站在车旁，冲着我挥挥手，身上散发着某种光。如今我还记得那条灰扑扑的路上,我的心因为虚荣而温暖明亮。那时候,小汽车在镇子上属于稀有品。当我快走到他跟前时,我喊了一声爸爸,他点了点头,然后拍了拍我的肩膀。接下来,坐在车内的父亲向我挥了挥手,我看到了隐藏在他笑容背后的隐痛。坐在他身旁,我突然听到了他的心破碎的声音。然而,自从上学以来,他从来不出现在我的学校以及我的同学面前,而我也从来没有邀请过任何同学来我家玩。他成为我生活中的隐形人,而我也从来不在外人面前主动提起他——这成为我们之间没有说出,却又坚固的隐形契约。

小学毕业后,莉莉成为我们班唯一去县城读书的学生,而我虽然是全班学习成绩第一名,仍旧要去镇子上的中学学习。开学的时候,我用省下来的钱买了一个硬皮笔记本,送给莉莉作为礼物,而莉莉呢,则把一本《安徒生童话集》送给了我。直到如今,这本书仍旧摆在我家书架醒目的位置。

我们曾经相约,即使去了不同的中学,也可以通过书信来保持联系。事实上,我们也是这样做的,并且维持了整个初中时光。我生平的第一封信——一篇描写校园见闻的琐碎手记,就是写给她的。尽管每周我们都会回孟庄,偶尔也会见面,但我们已经不像小学时期那样无拘无束,自由畅谈。她出落成了大姑娘,而我呢,喉结凸出,声音变粗变沉,个子也呼呼地直往上冒。然而,书信的联系犹如生活的仪式,我们在其中获得了某种自由。她在信里鼓励我要努力学习,争取高中可以考到县城的鹿鸣中学。鹿鸣中学属于省级重点高中,在我们这个偏僻的镇中,属于神话般的存在,每年至多有三个学生会考上。我向她发誓自己一定要考上这所中学,只有这样,才不会与她的差距越来越大。不得不承认,这股向上生长的力量让我克服了种种困难,独自熬过了很多漫长黑夜,心中始终带着微光。

初二暑假的时候,莉莉的奶奶突然间因脑出血去世,而孟庄也因此少了一个传说。他们都说莉莉的奶奶是疯子,有的人干脆称她是魔鬼,但我很少见到她。即使看到了,她也只是坐在角落,喃喃自语,不知所云。我听别人讲,她偶尔会在夜间歇斯底里地哭喊,那声音就像北方狼的嚎叫。我无法想象那种类似于疯狂的场景,尤其是在诺亚叔叔家里发生类似的事情。小学毕业的那年夏天,我在家里午休,忽然被户外的吵闹声惊醒,出去以后发现惊心动魄的一幕:莉莉的奶奶披着乱发,全裸着身体,紧紧地抱住身边的桐树,不愿意回家,而诺亚叔叔和他的家人在旁边耐心劝解,却并没有什么成效,双方在树荫底下僵持了很久。周围满是看热闹的人,而我看到了诺亚叔叔脸上的难堪羞耻。后来,他们把老太太拽入车中,拉回了家。自此之后,我再也没有看见莉莉的奶奶。有传言说,诺亚叔叔将老人关进了一间房子,不让她出门,像囚犯一样对待她。但是,我坚信这只是造谣。我也不敢向莉莉打听这件事情的始末,那是我们之间的禁地。一切还是谜,然而,当事人却已经死去。

那是我在孟庄见过最盛大的葬礼,几乎全村人都以各种形式参与到这场活动,而这个葬礼也成为孩子们心中的喜事。为此,那个轰隆作响的工厂休息了整整一周,连着三个夜晚都有唱大戏的,邻村的人也闻讯赶来看大戏。在某个瞬间,我抬起头,看看星空,忽然有种身处世界中心的幻觉。在诺亚叔叔的脸上,我又看到了他往日的光辉与高大——他如同神一般地注视眼前的一切。

葬礼结束的那个夜晚，莉莉带我去她的房间，告诉我了一个秘密：她的奶奶在清醒的时候，嘴里一直嘟囔着一个地方，后来她才知道那是奶奶小时候生活的地方，一个靠海的村落。最后，她问我长大后，愿不愿意一起去那个靠海的地方。我点了点头，还是不敢直视她的眼睛。但是，我第一次主动牵了她的手。如今，我都清晰地记得当时的每一个场景，以及她的每一种表情。

## 四

五岁那年，那个靠海的村落开始闹大饥荒。村民们扒光了树皮，刨开了草根，甚至开始吃"观音土"，很多人为此丧命。于是，父母带着他和他的姐姐，加入逃荒的洪流。那是一条没有归途的路，前方始终无法到达，而接二连三的死亡不断地拖缓着前行的脚步。在他的眼中，见证了太多的死亡与恐惧。祖母和她的发小都死在了逃荒的路上，但是，他却因为恐惧而没有掉下半滴眼泪。途中，他染上了重病，昏昏欲死。他害怕死亡，又在等待死亡。

然而，他并没有死掉，而是活到了最后。不知道走了多少路，他们才最终到达了目的地。他以为新生活才刚刚开始，然而，更多的痛苦在前方等待着他。一开始，孟庄的人们就对他们产生了强烈的敌意，而他很小便领教了来自他人的排挤和恶意。自从上小学后，这种排挤与恶意以更多的形式渗入他的生活，而同学们也孤立他，嘲弄他。有一次，老师无意间嘲笑了他的口音,这也击碎了他最后的防线。于是,他哭着鼻子,吵着闹着要回老家。母亲生平第一次打了他,之后,又抱住他,告诉他老家早已经没有人了,早已从这个世界消失了。他们母子抱在一起结结实实地哭了一场。自从那次之后,他再也没有在母亲面前哭闹过,再也没有提过故乡的名字。他仿佛一夜间长大,开始学习新的方言,适应这里的生活,忘掉故乡留在他体内的一切。与此同时,他开始认真学习,发誓要走向更宽阔的世界。

但是,自从与班上另外一个男生成为朋友后,他觉得自己并不是独自对抗这个世界。那个男生的名字叫作陈默,不爱说话,左腿跛脚,也因此受到其他人的嘲弄和排挤。他们甚至直接忽略他的名字,而是叫他跛子。也许,正是因为这种相似的处境,他俩形影不离,如同亲生兄弟。在他的面前,陈默变得幽默开朗,头脑中常有好玩的鬼点子。而他呢,经常给陈默讲解数学题,甚至帮他干些家务活。在那个封闭年代,他们曾经相约要通过学习来改变命运,共同离开这个不适之地。

上了初中没多久,陈默便选择了退学,回家务农。而他则在新的环境中,认识了新的朋友,开始了新的生活。他早已经把遥远故乡的口音抹掉了,比当地人还要本土化,当然,早已经没有人在意他来自何方何地。他突然间明白,孟庄所带来的噩梦已经成为过去时,而他需要不断地向前向远,这样才能弥补脆弱的心所受到的精神创伤。与此同时,他与陈默的关系也越来越远,而过度的体力劳动让陈默显得格外沧桑无力。

意料之中的是,他考上了重点高中,开始去县城上学,而这在当时的孟庄算是轰动性的消息。邻居们似乎早已经忘记了当年对他的排挤嘲讽,于是带着羡慕甚至嫉妒,送上了各自的祝福与期许。在他即将开学的时候,陈默带着酒来看他。刚开始,他们之间没有太多的交流,但他感受到了陈默无语的关怀。那是他第一次抽烟,也是第一次喝酒。喝了一些酒后,陈默才开始说话,诉说自己对生活的绝望,对他的羡慕。离开之前,陈默对他说:"我被绑在这里了,走不了了,你一定要离开这个破地方。"

　　他在县城看到了更丰富的世界,也认识了更多有见识的人。他在学习上从不懈怠,成绩也一直处于年级的中上游水平。他感觉人生就握在自己的手上,也按照心中的规划,一步接一步地靠近目标——他经常会梦到逃荒路上的死亡景象,然而在灰色前方,他看到了依稀可见的光。然而,所有的梦都在高三那年被惊醒。那天,他突然被父亲从学校叫回了家。一路上,父亲都沉着脸,而他不敢多和父亲说一句话。回到家后,他才知道姐姐在家悬梁自尽,原因也很简单:她未婚先孕,而她不愿意向家人说出孩子的父亲。在与母亲产生强烈的言辞冲突后,她选择用极端的方式报复了家人,也葬送了两条命。将她埋葬的当晚,母亲就发了疯,在夜间大喊大叫,说着没人能听懂的话。父亲和他带着母亲去了县医院,医生说这是一种间歇性的精神失常,没办法治愈,唯一的方法就是不让她受外界的刺激。回家的路上,他盯着母亲的脸,看到的却是陌生人的表情。

　　回到学校后,他突然变得无心应战,心里总是惦念着家里的事情。在梦里,他又经常会梦见童年场景,梦到母亲带着他和姐姐去郊外挖野菜的情形。梦醒后,他发现自己的眼角有泪,原来梦比现实更真实。虽然支撑自己的信念已经涣散,但他还是坚持到了高考。成绩公布的那天,他彻底死了心,卷着铺盖,重新回到了孟庄。

后来,他与其他人一样,结婚生子,开始成年人的生活。不一样的是,他抓住了各种各样的机遇,也遭遇了各种各样的挫折,最后建立了工厂,成为孟庄的传奇人物。与他相反的是,陈默的生活始终如一,毫无波澜,而那些村民们还是会叫他跛子,忽略他的名字。陈默依旧是他心底最信任的朋友。

这就是诺亚叔叔的故事,而陈默则是我的父亲。高二结束的那个暑假,诺亚叔叔突然叫我去他家吃午饭。午饭结束后,他给我讲了他完整的故事,说到动情处,甚至可以看到他眼角的湿润。语气之间,我听到了他心有不甘,又无能为力。最后,他还是不忘鼓励我,让我好好备考,不要惦念家里的事情。我点了点头,拿着他塞给我的零花钱,离开了他的家。

## 五

当年,镇中只有三个学生考上了鹿鸣中学,而我则幸运地位列其中,虽然只比录取线高出了两分。这在当时的孟庄可以看作是一个奇迹,因为很多年都没有人上过重点高中了,甚至能考上普通中学的人也寥寥无几。那个暑假,中学校长和班主任亲自来到我家,在鞭炮声与锣鼓声中,给我父母戴上了红花,感谢他们对我的培养。那是我第一次在父亲眼中看到了内在的喜悦。随后,在人群中,我与诺亚叔叔的目光相遇,不知为何,我在他的神色中看到了某种低落。与此同时,莉莉连普通中学的分数线也没有考到,但她好像并不为此难过。她曾经信誓旦旦地告诉我:

"不论考得咋样，我爸都会让我上鹿鸣。"然而，最终的结果是，诺亚叔叔找了关系，花了钱，把她安排到了普通高中。突然间，我意识到诺亚叔叔并不是无所不能的神，他也有普通人的局限与缺陷。

原本以为莉莉和我在县城会有进一步发展，正如我们在书信中所承诺的那样。然而，当我履行承诺，考上重点高中后，却发现我和她的距离越来越远，最后甚至形同陌路。我承认，我要为最后的结果负主要责任。自从进入县城后，我认识了更多更好看，而且学习成绩相当优异的女生。与她们相比，莉莉简直是黯淡无光。也许，她早已经看出了我热情背后的冷漠。有一次，莉莉来我们学校上晚自习，向我请教了一道数学题。我耐着性子给她讲了一遍，问她听懂了没有，她则摇了摇头。那句压抑很久的话，我终于脱口而出："你脑子到底装的啥，咋这么笨呢?"这是我生平第一次对她说这么难听的话。我看到了她眼神中的惊讶，接着，变成无言的愤怒。她收拾好书包后，没说一句话，头也没回地离开了我。我也没有想到去追她，而是深吸了一口气，缓缓吐出，如释重负。接下来的高中时期，她都没有和我说过一句话，更没有主动来找我。然而，我并不在意，因为她已经不是那个遥不可及的公主，而我呢，也不再是那个唯唯诺诺的小丑。不知为何，我甚至会为自己的残忍而高兴。这是一种复仇的快乐。

自从诺亚叔叔将他的故事说出来后，我像是得到了某种启示，带着他的嘱托进入高三生活。不知为何，从小到大，我都不愿意辜负他的期待。于是，我终结了自己青涩的初恋，收回了玩心，开始认真备考，全身心地投入学习。那真是一段目标明确、行动更明确的时光,所有事情都围绕一个重心旋转。高考前的那个夜晚,我失眠了,盯着窗户外遥远的星辰。在诺亚叔叔的故事中,他曾经也在高考前夕失眠,也看到一颗发亮的星辰。不同的是,我重新回到床上,很快便进入睡眠。而他呢,则彻夜未睡,心里惦念着沉重的往事。

高考时,我发挥还算正常,后来的成绩也在预估范围之内。最后,我被本省的一所重点大学录取。而莉莉呢,则被外省的一所大专院校录取。我主动去找她,想和她摒弃前嫌,重归于好。她只是冷冷地回应道,就这样吧,我们早就不是一路人了。我站在原地,觉得可笑,但没有笑出来。快要开学时,诺亚叔叔履行了自己的承诺,带着我去县城,给我买了手机以及旅行箱。回家的路上,车内回响着感怀的老歌曲,诺亚叔叔会跟着其中的节奏哼唱。我转过头,看见了他隐藏在喜悦背后的哀伤。与此同时,我看到了他眼角的皱纹,以及无法遮蔽的衰老。在那个瞬间,我忽然产生了错觉,以为他就是我真正的父亲。

太阳在西边慢慢地下落,余晖透过玻璃,涌入车内。接下来,我盯着眼前的路,不知道时间会带领我们去往何处。

# 六

大学生活并没有我想象中的丰富精彩,相反,基本上是单调枯燥的重复。然而,我很早就学会了适应无味的生活。与大多数学生一样,我上课、吃饭、睡觉、运动以及谈恋爱。与很多人不同,我会在周末时间打零工、带家教,甚至会摆夜摊。自从上大学后,我没有再向家里要过一分钱。与此同时,我也一直在学业上苛求自己。大二那年，拿到国家一等奖学金时，我突然有种将命运紧握在手中的感觉，也早已经不是那个脆弱敏感的男孩。我将这个好消息第一时间告诉了诺亚叔叔，然而，他的回应比较冷漠，甚至敷衍，与之相伴的是嘈杂的麻将声。挂断电话后，我又拨打了父亲的手机，简单地说了几句话，最后，我要了父亲的银行卡号。第二天下午，我把一半奖学金打到了父亲的卡上。从银行出来，看着脚下的斑驳疏影，我突然觉得自己是一个有力量的成年人。

  大三寒假，诺亚叔叔的工厂倒闭了。与此同时，我家的老房子消失了，取而代之的是一栋二层高的楼房。当住在宽敞明亮又只属于一个人的房间时，儿时的梦想也算实现了，然而我却没有丝毫的快乐。现在的拥有无法弥补过去长久的匮乏，甚至会让那种匮乏变得更清晰真实。之后，我去找诺亚叔叔，他则坐在牌场里，嘴里叼着烟，目光涣散，脸色铁黑，没有时间理会我。短短几年，他突然成为自己当年最鄙视的人。我想要劝慰他，又觉得多余。于是，我离开了他，不再主动去找他。而他呢，再也没有给我打过电话，也没有再关心过我。

  大学生活很快结束了。之后，我又顺利考上了一所知名大学的研究生，主攻的仍旧是计算机专业。学习与生活的路上也遇到了种种挫折，但是，我并不畏惧，因为那些旧日的伤口早已成为自己的铠甲。有一个夜晚，我梦到自己还是孩子，走在一条逃荒的路上，前方没有尽头，后方没有退路。一个陌生的女人拉着我的手，让我不要害怕，让我再多坚持一会儿。但是，我已经没有力气了。我已经听到了死亡的召唤。突然间，我发现自己不断下坠,下坠到看不见底的深渊。我从梦中惊醒,身上满是冷汗。夜里两点钟了,但我还是拨通了父亲的电话,因为我知道,无论身处何地,父亲始终站在我的身旁。听到他的声音后,我向他询问诺亚叔叔的近况。他沉默了大约有五秒钟,然后说道,他跟着县城的一个女的跑了,把屋里都撂下不管了。挂断电话后,我凝视着眼前的黑暗,匆匆往事都浮现在夜幕上,仿佛从来没有消失。我又看见了那颗遥远的星辰。

毕业后,我顺利地进入一家大型科技公司。没过多久,我便与大学时候谈恋爱的女友结婚,然而,诺亚叔叔并没有出现在婚礼现场。当主持人喊到我父亲时,他站了起来,跛着脚走到了舞台中央,结结巴巴地说了一些祝福的话。不知为何,在那个瞬间,我突然理解了父亲,理解了他这么多年来的隐忍与克制,理解了他对我这么多年来的支持与鼓励。我忍住了眼泪,自豪地把父亲介绍给到场的同学与同事。是啊,我早已经不是那个会为此羞愧的敏感男孩了。

后来,儿子图图降生了,我的工作也有了升迁,我们搬进了新房子。生活按照固有的惯性向前而行。我的父母与岳父母会轮流住我家,帮我们带儿子。我的生活几乎被工作全部占领了,一个项目接着一个项目,有时候甚至会加班到夜里十一二点。但是,我并没有什么可以抱怨的,也没有人会听我的抱怨,我早已经学会了这个世界冰冷的生存法则。有一次加完夜班,在回家的路上,我扬起了头,看见了一颗遥远的星辰。那个瞬间,我突然想到了诺亚叔叔,想听他说话。然而,他早已经从我的世界消失了,只剩下模糊的背影。

仲夏夜，我加班回家已经十一点半，而父亲却在灯光下看着书，等着我。等我洗完澡，准备去睡觉时，父亲把我叫了过去，说："你诺亚叔今天给我打电话了。"还没等我反应过来，父亲又说，"我以为他死在外面了，没想到还活着，居然离咱这么近，还约我周末出去见见。"我对父亲说自己也想去见他，父亲点了点头。

周末，我开着车，拉着父亲，绕过了半座城市，最后在一个城中村停了下来。没过多久，诺亚叔叔出现了。他驼着背，秃顶，顶着啤酒肚，脸上堆砌着笑容。他完全变成了另外一个人。看见他的瞬间，我开始怀疑自己早年的记忆。但是，我隐藏了自己的失望，与他握手，给他递烟。我看着他和父亲的背影，无法抑制心中的苦涩。而他呢，走路也不像很早之前那样稳健，甚至有些摇摇晃晃。穿过人群后，他带我们去了自己的住处——一个有着双人间的民房，位于六层楼的顶层，也没有电梯。

进入他的住处后，我看到了莉莉。她正在给自己的儿子讲题。看见我后，她站了起来，眼神浮出一丝尴尬，之后便给我们端茶倒水。她发福了，皮肤粗糙，头发也没有早年那样浓密，最重要的是，那些藏在她眼里的光已经不存在了。之后，我们非常客套地说了几句话。我才知道，大专毕业后，她嫁给了比自己年长七岁的男人，随后跟着他在这里开了小吃店，主营的是本地的面食。诺亚叔叔出事后，便逃到了这里，帮女儿做些事情。除了我和父亲之外，没有人知道他们在这里，他们已经与孟庄切断了所有联系。离开之前，诺亚叔叔留了我的电话，并且嘱托我不要把这件事情告诉别人。我点了点头，没有说话。

晚上，我收到了他的短信。没有什么客套话，而是直接问我是否可以借他一万元。我没有犹豫，而是直接给他要了银行卡号。随后，我通过网上银行转给了他。没过多久，我收到了他的回复，只有两个字：谢谢！我只是叹了口气，然后又笑出了声。

随后，图图跑到我面前，让我给他讲故事。我并没有打开面前的故事书，而是把他抱在怀中，第一次讲出我最喜爱的那个故事：很久之前，在遥远的北海，有一条鱼，它的名字叫作鲲。鲲非常大，大概有几千公里。最后鲲变成了鸟，它的名字叫作鹏。

# 少年骑士

一

这是唐毅给我讲的那个发生在异国他乡的故事。

唐毅是天生的故事家,他懂得讲故事的奥妙,懂得如何牢牢抓住听众的心,尽管我是他唯一忠诚的听众。在他那里,我听到了各式各样离奇古怪的故事。那些故事像是长着翅膀的天使,带领我翻山越岭,跨河越江,见识了更多更美妙的地方。那些故事也会让我短暂忘记了卑微的自己,忘记了破落的孟庄。

讲故事的时候,唐毅身上有种迷人的光芒,仿佛他是洞悉一切的造物主。其实,那些故事都是他从书本上看来的。他对书籍有种忘我的痴迷。他的父母太爱他了,尽可能地满足他所有的要求。然而,他是一个懂事的孩子,唯一的嗜好就是读书。父母给他买各种各样的书。慢慢地,他的房间变成了一座微型图书馆。虽然被困在了轮椅上,但他自由的心属于更广阔的世界。我不爱读书,但喜欢听他给我讲书上的故事。

那个阴雨的下午,唐毅给我讲完了那个发生在遥远国度的故事。之后,他郑重地对我说:"以后你就是桑丘,我就是堂吉诃德，我们是勇敢的古代骑士。"虽然我并不乐意去当那个倒霉的桑丘，但还是用挤出来的微笑回应了他。因为他是我最好的朋友，我不想让他有半点失望。

那是在我们十四岁生日的下午，他把关于骑士的故事作为礼物送给我，而我呢，用攒下的零用钱买了一副望远镜送给了他。是的，我和他同年同月同日出生，我们两家又是好多年的邻居，或许这也是我们能成为好朋友的重要原因。

## 二

我最初的记忆是在四岁半时的夏日午后，唐毅光着脚，跑到我家，喊我去小卖部买雪糕吃。蝉声绵绵，我当时还在午睡，迷迷糊糊中被他拉了起来，没有穿鞋便出了门。那时候，唐毅要比我高出整整一头，身体也比我壮实很多。两个人走在一起，我很像他的小跟班，而他似乎也很享受这样的主导地位。很长一段时间里，他都喜欢对我发号施令，而我有点害怕他，唯一能做的就是对他言听计从。

到了小卖部后，我才清醒过来，发现自己的兜里没有钱。还没等我开口说话，唐毅已经买了两根雪糕，把其中一根香蕉味的塞给了我。也就是那么一瞬间，我确定他是我的好朋友。虽然那个时候，我对"朋友"这个概念并没有太清晰的认知。

在村子最大的那棵榕树下，我们乘着凉，一边听哑巴爷爷放的广播，一边舔着手中的雪糕。一条没有名字的哈巴狗趴在地上，时不时地伸出舌头，冒出层层汗气。整个村子就像是蒸笼，我们每个人只是其中会四处走动的肉包子而已。

等天稍微凉快后,他说要带我去一个神秘的地方。随后,他便领着我,穿过村庄,跨过麦场,在一个枯井旁停了下来。他闭上眼睛,嘴上念叨着什么,神情严肃,像是换了一个人。我不知所措,也闭上眼睛,嘴里胡诌着一些话。之后,他对我说:"这口井里有魔鬼,魔鬼听我的话。"也许是看到了我脸上的疑惑,他又补充道,"好多年前,我爷跳到这井里死了,后来变成了魔鬼。"看到我点头后,他才松了一口气。

回家的时候,我一不小心,被路上的玻璃碴刺破了脚心。我坐在路边,把玻璃碴取了下来,血从伤口处流了出来。我哭着央求他不要把这件事情告诉我父母,他点了点头,让我在路旁等他。没过多久,一辆白色面包车开了过来,停在我面前。唐叔叔,也就是他的爸爸,把我抱进车厢里,放到后座上,告诉我不要害怕,一会儿就到医院了。一路上,唐毅都拉着我的手,好像这样能分担我身上的疼痛。

到了镇上的医院后,医生给我做了简单的包扎,又开了一些药。随后,唐叔叔带着我们去吃肉夹馍和凉水鱼鱼。唐叔叔让我不要担心,过两天就会好起来。我说:"我害怕我爸妈打我。"唐叔叔笑了笑说:"不会的,我会给你爸妈解释的。"说完后,他拍了拍我的头。那个瞬间,我多么希望他就是我的爸爸。

回到家后,爸妈没有骂我,也没有多余的关心。从懂事起,我就被告知不是他们亲生的孩子,因此我很早便被剥夺了撒娇和哭泣的权利。对于领养的孩子来说,沉默是最好的武器。很小的时候,我就明白了这个道理。那时候,我唯一能做的就是讨好他们。

## 三

上小学三年级的时候,我的秘密被全班同学都知道了。不,应该是全校同学都知道了这个丑闻。我从他们身边走过时,总能瞥见他们异样的神情,听到他们嘀嘀咕咕的恶意。有时候,他们会当着我的面喊:"嗨,没人要的崽,快滚出我们村。"当然,我从来没有反抗过,也从不告诉老师。其实,我并不是一个懦弱的人。我只是暗自下决心,等以后长大了,我会慢慢复仇。在自己的日记本上,我已经列出了仇敌的名字,而且名单也越来越长。遇到不会写的字,我就会用拼音代替。除了唐毅之外,我没有把我的复仇计划告诉任何人。

当然,我也有失控的时候。

在班上,我有个死对头,名叫朱明。他比我要高出半头,皮肤黝黑,身上总是有股洗不净的羊膻味。原因也很简单,在村子西头,也就是靠公路的地方,他家开了一间羊肉泡馍馆,生意兴隆,甚至邻村的人都会慕名而来,满意而归。我家没钱,一碗羊肉泡馍相当于我一个月的零花钱。爸妈从来不吃羊肉泡馍,所以,我也不敢向他们提出这种非分要求。庆幸的是,我有一个慷慨的奶奶,每个月,她都会领着我去吃一次羊肉泡馍,而这已经成为我和她之间的秘密仪式。每次去泡馍馆,我最不想碰到的人就是朱明,但几乎每次都能碰到他。他不和我说话,但从他的神色中,我看到的尽是蔑视。这让我非常不舒服。我将这团火一直窝在心里。总有一天,我会用这把火烧掉荒野。

有一次课间,我从外面跑进教室,在过道走时,却被朱明突然伸出来的脚绊倒在地,额头都蹭出了血。随后,便听到他在背后嘲弄的笑声。我拍了拍身上的尘土,压住心中的怒火,准备回到自己的座位。这时候,又从后面传来他的声音:"你说话啊,你这有人生没人养的东西。"这句话彻底击垮了我。我转过身,扯住他的衣领,想把他拽倒在地。但是我高估了自己,他一反手,就把我撂倒在地。当他准备动手时,唐毅跑进了教室,拉住了他。这时候,铃声响了,三个人才就此作罢,回到各自的位置。

上课时,我无心听课,想到自己的不幸,不觉流下了眼泪。语文老师问我有什么事情,我撒谎说自己肚子疼。老师让我提前离校,我摇了摇头,说自己可以挺过去。这时候,我又看到了朱明,他转过头,对我做鬼脸。说实话,我当时都有一种想要杀掉他的念头。我知道自己身单力薄,根本不是他的对手。过了一会儿,我收到唐毅的纸条,上面写道,放学后,我们打他。对着唐毅,我做了一个同意的手势。随后,我把纸条夹进了语文课本。

放学后,我和唐毅跟在朱明的后面。走到一个过道时,唐毅上前抱紧朱明,而我则从路边捡起了半块砖头,什么也没想,直接砸到朱明的头上。朱明大喊了一声,捂住伤口,像牲畜一样在地上打滚。而我呢,愣在原地,心中的怒火也灭了,只剩下恐惧茫然。唐毅拍了拍我的肩膀,我才缓过来神,跟在他身后,逃离了现场。

事情的后果,远远超出了我的想象。爸妈被校长叫到了学校狠狠地教育了一通,并且为我写下了保证书,保证我以后不会再犯,不然就会被学校开除。与此同时,我已经做好了被爸爸毒打的准备。他并没有打我,而是把我叫到房间,说:"你做得对,这样以后他就再也不敢欺负你了。"也许是为了肯定这种行为,爸爸破天荒地带我去县城,给我买了一身新衣服。妈妈为此还责难了他,说他这样做会带坏我。那也是我在小学时代,唯一一次去县城,那时候,县城在我心里就意味着整个世界的中心。

两个星期后,爸爸第一次带我去西头吃羊肉泡馍。看到我的时候,朱明的眼里已经不是蔑视,而是恐惧与厌恶。不知为何,我第一次体会到了胜利者的快乐。

当然,我和唐毅的关系并不是一直都很要好。在一起成长的过程中,我们之间也发生过几次摩擦,出现了几次情感危机。然而,我们并没有为此争执,更不会大打出手。我心里清楚,他是让着我的,因为我肯定打不过他。更多的时候,是我对他发动冷战,最长的一次,我们有整整一个月都没有和对方说话。

事情的起因也非常简单,甚至和他都没有多大关系,是我的自卑和嫉妒同时在作祟。那是在期中考试结束后不久,语文老师赵老师带着试卷来到了教室,横扫了一下全班同学,短短几秒钟,眼神就发生了无数次变化。我坐在教室的角落,预感到一场即将到来的风暴。我想要跑出教室,却感觉自己的手脚被无形的绳索捆绑,不能动弹。

像往常一样,赵老师站在讲堂上,声音高低顿挫,每念一个学生的名字,就接着当众念出其考试成绩。然后,学生站起来,走向讲台,领取自己的试卷。与我想象中差不多,唐毅以九十五分的成绩名列全班第一,而我才得了五十二分,全班垫底。我是最后一个上去领试卷的,都不敢直视赵老师的眼睛。其实,这也不是我第一次遇到这样的困境。我的学习成绩一直不好，几乎每次都是全班倒数，早已经习以为常。与我相反的是，每次考试唐毅的总成绩都是全班前三名，每学期他都能被评为三好学生。他家有整整半面墙，贴满了他的奖状。我假装并不在意这件事情，然而并没有人知道，我是多么嫉妒他，多么想成为他。

试卷发完后，赵老师让我们好好看看自己的卷子，并当众表扬了唐毅，说他以后肯定能考上清华北大。赵老师让唐毅站起来，朗读了一下他写的满分作文。作文一直是唐毅的强项，几乎每次都会被当成范文。这一次的题目是"我的梦想"，唐毅的梦想是成为宇航员，飞向太空。在唐毅朗读的过程中，老师的眼神中满是欣赏与慈爱。唐毅朗读完后，老师带头鼓掌，同学们也跟着鼓起了掌。之后，老师又点名了其他几个同学，让他们朗读自己的作文。结束后，赵老师简单评价了这些作文。

最后，赵老师点了我的名，让我朗读自己的作文。我站了起来，摇了摇头，说自己没有写作文。赵老师反问道："难道你没有梦想吗？"我又摇了摇头。赵老师又问我："那你一天除了吃喝拉撒，还在想什么？"我又摇了摇头，没有说话，这也许是我唯一的抵抗方式。赵老师拿我也没有办法，无奈地说："以后肯定没啥出息，快坐下吧。"

当我坐下时，听到了同学们嘀嘀咕咕的笑声。无意间，我看到了唐毅，他也在嘲笑我。那个瞬间，我的心沉到了湖底。放学后，唐毅叫我的名字，我没有搭理他，而是一个人回家。之后的很长一段时间，我们都没有说一句话。

一个周末，唐毅来到我家，手上拿着一个悠悠球，说要送给我。我没有说话，只是接过悠悠球，和他在院子里玩了好久。之后，他对我说："你知道我的梦想吗？"我摇了摇头。他说："我才不想当宇航员呢，我最想当的是公交车售票员，能一边旅游，一边收钱，你呢？"我愣了几秒钟说："我的梦想就是上大学，离开这里。"我们相视笑了笑，又恢复了以往的友谊。

## 四

整件事情的转折点发生在小学六年级的上半学期。有一次，我们像往常一样去上学。上一秒，我们还有说有笑，下一秒，唐毅突然摔倒在地上。他站了起来，拍了拍身上的土，也没有往心里去。快到学校的时候，他又突然摔倒了，我赶紧上前把他扶了起来，问他到底怎么了。他笑了笑说："昨天干了好多活，可能有点累。"我也没有多想什么，于是和他一起去上课。

下午最后一节是体育课。体育老师安排我们进行四百米跑步，这也是唐毅最擅长的项目，他几乎每次都是全班第一。这一次，却出现了意外。大概跑了一半，原本领先的唐毅却重重地摔在了地上，紧跟在他后面的男生，踩着他的腿跑了过去。原本加油呐喊的女生也突然哑了下来，有个女生惊恐地哭出了声。

我跟在体育老师的后面，跑了过去，唐毅还侧卧在地上，抱着自己的腿。腿上蹭破了皮，流了血。体育老师把唐毅背到学校的医疗室，做了简单的处理。与此同时，体育老师给唐叔叔打了电话，让他过来接唐毅。我问唐毅今天到底怎么了，老是摔跤。他愣了一会儿，摇了摇头说："我也不知道啊。"那是我第一次在他的脸上看到了忧虑。

次日，他没有去学校，唐叔叔带他去县上的大医院做检查。那天，我独自上学，独自回家，无心学习，心里有种不祥的预兆。晚上，我去找唐毅，问他到底有没有事情。他强挤出了欢笑，说："没啥事，明天就能去上学。"他从书包里取出从县城买回的零食，给了我一包麻辣锅巴和三根棒棒糖。随后，我们坐在他家的沙发上，一起看电视剧。

接下来的一周，都是唐叔叔骑着电摩送他去学校。唐毅像是换了一个人，脸上的微笑也不见了，上课也不踊跃了，也基本上不和我说话了。一周之后，唐叔叔一个人来到教室，在全班同学的注视下，拿走了唐毅的东西。之后，唐毅再也没有出现在课堂上。作为全校的尖子生，唐毅的消失在全校引起了巨大的波动，师生们都在猜测他离开的原因。然而，这场风波并没有持续多久。很快，他们似乎就将唐毅忘掉了，就像尘土消失在原野中。

然而，我肯定不会忘记他。几乎每一天，我都要去他家找他。刚开始，他还能走路，后来，他走路经常摔倒，于是唐叔叔给他准备了拐杖，再后来又换成了轮椅。其实，唐叔叔并没有放弃过努力，从县城医院换到了市级医院，最后又拉到了省城医院，但结果都是一样——唐毅患上一种罕见的病，后半生只能坐在轮椅上。

一次次的希望，被一次次扑灭，唐叔叔把家里的钱掏空了，又借了一大圈的钱。从省城医院回来后，唐叔叔一下子老了，整个人眼里的光全部消失了。有一天夜晚，唐叔叔在我家喝了很多酒，之后向我爸哭诉道："活着太难了，我也不想活了。"那是我生平第一次看见唐叔叔哭泣。那个瞬间，我明白，唐毅不会活太久了，我将要失去自己最好的朋友。不知为何，我心里又难受，又开心。难受的是，没有人再陪我玩了。开心的是，爸妈再也不会把我和唐毅进行比较了，因为以前在很多方面，尤其是在学习方面，唐毅要比我优秀太多。我为自己的这种可怕的窃喜感到愧疚。

后来，我才从爸爸那里知道，原来唐毅突然而来的脑瘫，和他父母的血液有关系，好像几十万个人中才会出现这样一例。他最多能活到十八岁，不会有奇迹发生。当然，这些都是唐叔叔告诉爸爸的，唐叔叔还说他不会再要孩子了，他最大的愿望就是照顾好儿子，尽可能满足儿子的愿望，不让自己留下任何遗憾。在儿子活着的时候，唐叔叔说自己不会选择去死。

与此同时，唐毅也变了，变得清瘦沉默，整天坐在轮椅上，身体像是被捆绑在绞刑架上，满是挣扎的痕迹。刚开始，我还每天去找他，但他的态度非常冷淡，几乎不说话。有一次，我问他为什么不理我了，他的脸色突然变得难看，对我吼道："我都快要死了，就不要理我了。"我愣在原地，不知道该说些什么。随后，我什么也没有说，离开了他。

一直到小学毕业，我都没有再去找他。偶尔会在门口碰见他，我也会转过头，假装没有看见他。我们虽然是邻居，但我和他的距离却越来越远。我明白，我们已经是两个世界的人了。

## 五

小学毕业后的那年暑假，我从外面游泳回来，路过唐毅家，看见他坐在轮椅上，手里捧着一本书。我从他旁边走过，假装没有看见他，却突然听到有人喊我的名字。我转过头，唐毅看着我，没有说话。我以为是幻觉，就没有搭理他，径直向家里走。随后，我又听到了有人在喊我的名字。这一次，我确定是唐毅。我问他有什么事情。他摇了摇头说："对不起，你还愿意和我做朋友吗？"我没有任何迟疑，立刻点了点头说："你一直都是我的朋友啊。"

那个下午，他给我讲了生平的第一个故事。不是他的故事，而是他从书本中看到的故事，是一个人和其影子之间的故事。后来我才知道，那个故事来自安徒生的童话。我一直不爱读书，更不会去读课外书，但我从小就喜欢听各种各样的故事。与我不同的是，唐毅非常爱读书，自从坐上轮椅后，书本似乎成为他精神世界的唯一支柱。在他的手边，是一本被翻得皱巴巴的《新华词典》。唐叔叔也为他买了很多的书。他还是一个天生会讲故事的人，虽然我可能是他唯一的听众。

那个暑假漫长而闷热，我哪里也没有去，每天都去唐毅家，听了很多的故事。唐毅也告诉我，在自己十八岁前，想写出一个真正的只属于他自己的故事。我问他什么时候开始写，他说，还要再等等，等写完了，第一个拿给我读。我点了点头，但心里明白，这或许只是他的愿望而已。暑假结束前，他对我说："我哪里也去不了，以后你在外面听到什么故事，要讲给我听。"我心头一软，走上前，抱住了他。他是我最好的朋友，但那是我第一次，也是唯一一次拥抱他。

上了中学后，的确是进入了新世界，我认识了更多的人。自从进校门起，我就下定决心，好好学习，不仅是为了我自己，也是为了唐毅。在我的身上，同时肩负两个人的梦想。这个梦想，就是考上大学，去更远的地方，到更大的世界。

那个时候，我是寄宿在学校，和其他九个同学睡通铺。宿舍里总是有股驱散不掉的味道，他们也总是在宿舍里吵吵嚷嚷，让人不得安宁。我和他们没有什么话可以说，也无心融入各种小团体。很多时候，我都是最早离开宿舍，最晚回来的那个人。我将心思都放在了学习上。我睡在通铺的最里面，靠着窗。每次临睡前，我都躺在床上，凝视户外的苍穹，有时候是繁星，有时候只有月亮，有时候什么也没有，只有无尽的黑暗。夜晚与白天，是两个完全不同的世界。唐毅也说自己每晚睡觉前，都会盯着黑夜很久很久，一直困到自己闭上眼睛为止。我不知道我们看到的是否是同一片夜空。我只知道，每次看到夜空后，都会想到唐毅。要是没有得那种古怪的病，他一定拥有无比明亮的未来。

每周回家，我都会去找唐毅，把自己在学校所见所闻的故事说给他听。之后，他会把自己从书中看到的故事讲给我听。与此同时，我长高了一大截，身体也变得壮实，而唐毅几乎没有什么变化，身体甚至有些萎缩。我和他好像互换了身体。但是，他从来不在我面前抱怨什么，眼中始终有光。为了维持生计，唐叔叔在家里开了一个麻将馆，总共有三个麻将桌，来打麻将的也总是那一拨人。麻将馆好像经营得不错，白天到晚上，我都能听到麻将声和吆喝声。唐毅说自己喜欢热闹，喜欢人多，父亲这样做也是为了他好。

十四岁生日那天下午，他给我讲了遥远国度里关于两个乡村骑士的故事。故事讲完后，他对我说："你就是桑丘，我就是堂吉诃德。"为了让他高兴，我非常认真地点了点头。之后，我把自己攒钱买的望远镜送给了他，作为生日礼物。从那天下午开始，我把自己当成一名勇闯世界的少年骑士。

## 六

原本我的成绩在全年级属于中等水平，考重点中学显然不可能，不过稍微努力一把，上普通的高中应该没有问题。我的语文和英语成绩不错，虽然数学和物理相当糟糕，但我相信自己可以把这两门补上去，因此也格外用功，遇到不会的问题，便去请教老师和班上的尖子生。那时候，我感到命运就掌握在自己的手中，只要愿意，我就能改变自己的生活轨迹。我不愿意像父辈那样生在农村，默默地在农村活一生，又死在农村。我渴望去更广阔的世界。

事情的转折是在初二的下半学期，有两件事情彻底地改变了我的生活轨迹。

第一件事情就是奶奶的离世，她因为脑出血而突然摔倒，没有留下任何遗言便离开这个世界。在这个世界上，奶奶是最爱我的亲人，尽管我们并没有血缘关系。奶奶的葬礼上，我没有掉下一滴眼泪，并不是因为我冷血，而是因为我无法接受奶奶的去世。在她离开的很长一段时间里，我都不愿意回那个家，或者说，那个家已经失去了作为家的意义。有一天晚上，我梦到了奶奶。她站在家门口，喊我回家。等我醒来后，发现自己的眼泪已经濡湿了枕头。

第二件事情，则是爸妈的丑闻。妈妈在外跑保险业务，每次出门的时候,把自己收拾得格外亮丽,会化上淡妆,喷洒浓烈香水。不得不说,妈妈还是很有姿色的,与这个破败的农村显得格格不入。有时候,妈妈可能要应酬,回来得比较晚。也不知道爸爸从哪里听来的风言风语,说妈妈在外面陪男人喝酒唱歌,甚至搞上了野男人,妈妈则说爸爸是个窝囊废,只会窝里横。为此,他们经常吵架,有一次,甚至大打出手,成为全村人的笑话。也许是为了报复妈妈,爸爸和村里一个寡妇好上了,甚至住在了寡妇家。爸爸提出了离婚,打算让妈妈净身出户,但是妈妈不同意,说自己并没有做错任何事。在经历了几番热火朝天的争执后,两个人进入寒冰期,不说半句话,刻意避免见到彼此。最难受的是我,夹在两人中间,被来回拉扯,快要四分五裂。

正是因为这两件事情,我变得无心学习,每天都神情恍惚,不知道自己该如何应对接下来的生活。因此我的学习成绩一落千丈,到了谷底。初二的最后一次考试,我没有一门课及格,总成绩在全年级的排名落到了后面。当然,除了唐毅之外,没有人关心我的学习成绩。我想要改变现状,却发现自己力不从心。

那年暑假,我过得惶惶不安,因为爸妈同时断了我的经济来源。当我跟他们要钱时,他们就互相推诿,说对方应该负有抚养责任。有一次,我还是没有压住心中的怒气,对妈妈吼道:"你们要是不愿意养我,当时就不要抱我回来!"妈妈愣在了原地,她可能没有想到自己温顺的儿子会有这样愤怒的一面。大概过了三分钟,妈妈突然冷冰冰地说:"那我现在不想养你了,你去找你亲妈。"

我说:"找就找,你把地址给我,我现在就去找。"

几分钟后，妈妈把写好的地址给我，说："现在就去找，我也不想养你了。"说完后，妈妈转过头，便去了卧室。我看着纸条，上面写着详细的地址，以及一个陌生女人的姓名。我穿好衣服，从抽屉中取出一些零用钱，然后去唐叔叔家，问他上面的地址应该怎么走。唐叔叔看着我，好像明白了什么，他说："你不用管，叔开车带你去。"我点点头，冰冷的心有了一丝温暖。

在路上，我没有心情看窗外的风景，而是想象着，自己要是有像唐叔叔这样的爸爸，那生活该有多美好。其实，从小到大，我一直都是生活在恐慌之中，爸妈动不动就说要把我送回去。当我向他们要亲生父母的地址时，他们又说早就断了联系。这一次，妈妈把地址给我，是铁了心地想放弃我。然而，我还是不知道该如何面对自己的亲生母亲。

大概一个半小时后，我们来到县城北边一个名叫杏花庄的村子。通过打听，我问到了这个名叫李凤珍的女人的具体位置。车子在村子绕了两个弯，最后在一家门口种着芍药花的房子前停了下来。门口坐着一个女人，一边织毛衣，一边用古怪的眼神看着我们。我们下了车，唐叔叔走上前去，问女人认识不认识李凤珍。女人迟疑了几秒钟后说："我就是，你有啥事？"唐叔叔把我推到前面说："这是鹏鹏，是你儿子，还记得吗？"女人愣在了原地，好像在头脑中搜索着过往的记忆，突然间，脸色一变，声音颤抖地说："你们走吧，我没有这个儿子。"说完后，她转身准备离开。我走上前，拉住她的胳膊说："你就这么狠心，不认我了吗？"女人一把将我推倒在地，喊道："你们快走，要不然我就喊人了。"随后，她回到了房子，只留下一声关门的巨响。

我们傻傻地站在原地,不知接下来该怎么办。那瞬间,我哭了,感觉自己被整个世界抛弃了。唐叔叔走上前,抱住我,拍了拍我的肩膀,告诉我不要害怕。之后,我们坐上了车,离开了杏花庄。半路上,唐叔叔说:"不要怕,你上学的学费叔可以帮忙给你出,等你以后赚大钱了,再还给叔。"我点了点头,不知道该说些什么。快到家时,唐叔叔又补充道:"你以后是男子汉了,就不要哭鼻子了。"

我又点了点头,有那么一瞬间,我多么想喊他一声爸爸。但是,我抑住了这种冲动。

初三很快就结束了,我没有考上普通高中,也不打算复读了。我已经厌倦了学校的生活,又不知道该干些什么事情。出乎所有人的意料,当年被我和唐毅狠狠揍了一顿的朱明,却以全年级第三的成绩,被县里的重点中学录取。快开学时,朱明的父母在村里为自己的儿子设了宴席,几乎半个村子的人都去他家庆贺,去吃酒席。唐毅坐在轮椅上,双眼无神,我坐在他旁边,也不知道该说些什么。

## 七

初中毕业后,我留在了孟庄,哪里也没有去。爸妈闹了很长一段时间后,两个人又和好了。爸爸离开了那个寡妇,而妈妈也不再去卖保险,两个人在村东头,承包了十五亩地,种西瓜。而我呢,上半年跟着他们种西瓜,收玉米,下半年最重要的事情就是卖酥梨。剩下的时间,我就在村子里晃晃荡荡,无所事事。爸妈说干这么多活,其实就是为了我,为我以后盖新房子,为我以后娶媳妇。刚开始,他们的话会让我特别恐慌,恐慌成为他们那样的人。后来,我也慢慢地麻木了,不再去想未来的事情,因为我就是一个没有未来的人。

与此同时,唐毅家也发生了天翻地覆的变化。十五岁那年,他爸妈因为各种原因离了婚,他妈妈去外地打工,而他爸爸则娶了一个二十多岁、左腿有点瘸的女人。一年之后,唐毅就有了一个同父异母的弟弟,名字叫唐永光。家里人如获珍宝,将所有的注意力都放在了新生儿的身上。唐叔叔也面色红润,仿佛重新找到了生活的希望。或许,他们已经太累了,没有太多的心情去关注唐毅。唐毅也非常懂事,从不埋怨,也尽量不给他们添麻烦。在弟弟来到这个世界后,唐毅突然发现自己只是个多余人,只是家庭的累赘,他唯一的希望就是死期能早点到来,让他能早点解脱。

当然,这些想法都是唐毅告诉我的,因为我是他唯一的聆听者。因为他是堂吉诃德,而我是桑丘。我也不知道该怎样安慰他,不知道如何帮助他。我只能坐在他的旁边,不说话,听风吹的声音,看雪落的样子。而他呢,身体越来越萎缩,像是要退回到婴儿时的样子。每一次发病后,他都好像从鬼门关走了一遭,看到了世间最恐怖的景象。后来,他不再读书了,也不再给我讲故事了,因为他已经慢慢地失去了言语能力。更多的时候,他都是坐在轮椅上,目光呆滞地看着前方的路。但是,前方似乎早已经没有了路。

在离我们十八岁生日还差半个月的那天上午,唐毅离开了这个世界,死在了自己的轮椅上。刚开始,唐叔叔还以为他睡着了,喊着他的名字,摇了摇他的手,最后才察觉到他走了。没有人看到他临死前的挣扎,人们都宁愿相信他是在睡梦中离开这个世界的。除了唐毅的奶奶,没有人痛哭流涕,他们已经为此做好了充足的心理准备。

他们给唐毅办了一个非常简单的葬礼。我的小学同学们几乎都来参加了他的葬礼,送他走完最后一段路。唐叔叔从家里拉来了那些书,那些日日夜夜陪伴着唐毅的书。他把书堆在坟墓前,点燃后,升起了一团旺盛的火焰。在火焰中,我似乎看到了唐毅往日的面孔。我好像是在与另外一个自己道别,没有泪水,也没有拥抱。等所有的火焰变成灰烬,我才发觉唐毅并没有真正离去,而是活在了我的记忆深处。

那天夜里,我梦到了唐毅。梦到了四岁半那年,我们一起去小卖部买雪糕,一起去枯井看魔鬼的场景。只不过,我们没有害怕魔鬼,而是沿着枯井中的梯子,一步接一步地往下走,走向地下世界,走向无止境的黑暗。

三天后,唐叔叔来找我,把一个盒子递给了我,说这是唐毅生前嘱咐要交给我的东西。等唐叔叔走后,我打开盒子,里面有一本《堂吉诃德》,还有一副望远镜。这个望远镜是我十四岁时送给他的礼物。一时间,我无法控制内心的悲痛,跑到房间,关上门,独自哭泣。之后,我拿着望远镜,在夜空中寻找那颗遥远的星辰,那颗只属于唐毅的星辰。因为奶奶曾经说过,地上每死掉一个人,天上就会多一颗星星。

春节过后,表哥带我去南方的花城打工。他说花城是靠海的城市，每天晚上都能听到海洋的声音。我从来没有见过大海，但是我在梦中听过大海的叹息声。等火车开动后，我拿出望远镜，看着窗外的景色。那个村子越来越远了，而未来的世界也在眼前慢慢地浮现。

# 浮士德奏鸣曲

## 第一乐章

要不是那次参观了歌德位于法兰克福市中心的故居，张天问的博士论文肯定不会这么顺畅完稿。完稿后，他打开音响，一边喝黑咖啡，一边聆听勃拉姆斯的《德意志安魂曲》。这并不是他最喜爱的音乐作品，却是最触动他灵魂的艺术品。特别是来海德堡大学做访问学者的这段日子，这部音乐作品治愈了他焦灼的心灵。

并没有预料中的兴奋与狂喜，更多的只是疲惫和倦怠，以及长久挣扎后的某种解脱。刚开始决定研究《浮士德》的时候，导师让他慎重选择这个主题，一来是因为这部作品的主题太过复杂深奥，有很多歧义岔口，仿佛是永远走不出的精神迷宫；二来是因为研究这部作品的论文成千上万，基本上是穷尽了各种论说可能，几乎写不出什么新意了。另外，导师还有一个私人原因，那就是因为自己的某个师弟，当年的博士论文研究的也是《浮士德》，却因为痴迷太深，得了神经官能症，最后以极端方式结束了自己的生命。在导师的眼中，这部与魔鬼有关的伟大作品是迷人的深渊,也是致命的黑洞。但是,张天问对《浮士德》有种特殊偏爱,坚持要以这部作品为范例,研究德意志的精神内核,探索人类的心灵奥义。

直到后来,他才逐渐意识到导师之前的建议是有道理的。虽然在本科阶段读过两遍《浮士德》,硕士时读过英文版,博士时又细读了德文版,然而,他真正研究起这部作品时,却发现需要阅读数不尽的书,参考无数的文献。有很长一段时间,他甚至找不到合适的论题,前前后后提出的三个主题都被导师否决。有一天晚上,他和倪梦一起去剧院听了勃拉姆斯的《德意志安魂曲》。其间,深邃奥妙的音乐突然带给了他灵感,使他找到了切入论文的合适角度。后来,他把论题提交给了导师,不久便通过了导师的审核,而自己也找到了写论文的合适节奏。

论文快完成一半时,又有一件大事情降临在他的身上——在导师的推荐下,他获得了去德国海德堡大学做访问学者的机会,为期半年。他把这个消息首先告诉了父母,父亲反应冷淡,只是"嗯"了一声,没有多余的话,母亲则是嘱托他在外照顾好自己,不要忘记谈对象。挂断电话后,他心生疲惫,热情也减了一大半,因为父母对待他始终是如此态度。他又给女友倪梦发了微信,把这个消息告诉了她。她半开玩笑地回复道,去了德国,可以换个新女友。

到了德国后,他和倪梦的关系迅速降温。刚开始,每天还会通过微信交流,后来交流越来越少,每日只剩下彼此的晚安。再后来,连晚安这两个字也省略了。他并没有什么遗憾,因为他对每份感情都没有太多的希冀与热情,任其自然而然地发展与结束,不做任何形式的挽留。

与此同时,在德国,这篇与德意志文化相关的博士论文也进展得相当顺利,仿佛找到了合适的文化土壤。除了写论文之外,他就是参加海德堡大学相关的学术会议,上相关的课程,与同行们进行学术切磋,完成必要的课程任务,剩下的时间全由他自己安排。他并不喜欢与他人过多来往,基本上都是独来独往。一个人在异国的街道上闲逛,一个人去图书馆,去影院,去美术馆,去音乐厅,去咖啡馆,抑或是去城市郊外的原野与森林散心。在遥远国度,他却对自己的故乡有了更深层的理解,也慢慢地梳理出自己的成长轨迹。

戏剧化的是,在关于《浮士德》的一个国际研讨会上,他遇到了郝菲,一个让他有点心动的女博士。那个会议上,郝菲穿着优雅,画着精致的妆容,发言的时候,镇定自若,目光如炬,而她的德语听起来仿佛是柠檬色的乐曲。他无法掩饰对这个女子的爱慕之情,仔细聆听她所说的每一句话。他好久没有这种心跳的感觉了,特别是在如此严肃的场合。更为重要的是,他就坐在她的身旁,她身上的浅蓝色香水味带着海洋气息,清新而又深邃。到了会议的后半段,他基本上出了神,头脑中是汹涌的海,而她则是时隐时现的海上灯塔。

会议结束后,他主动上前与她交流,一起共进午餐,最后要到了她的联系方式。就像很多欧洲电影那样,第一次约会,他请她共进晚餐。第二次约会,她则邀他去音乐厅听马勒的第二交响曲《复活》。第三次约会,他们则是一同去看了新上映的德国电影,之后他送她回公寓,而她则留他过夜。那个夜晚,他们在彼此肉身上获得欢愉。之后,他们躺在黑夜中,谈论着各自的生活,不知不觉便进入梦之国度。第二天醒来,他们拉着彼此的手,而她裸睡的神情仿佛是油画中的维纳斯。他甚至产生了某种错觉,以为彼此是永不分离的恋人。

从一开始,他们对彼此都是开诚布公,尽可能不做任何隐瞒。郝菲是上海人,小学到大学一直在上海读书,本科毕业后,顺利来到了德国攻读硕士学位,之后又继续读博士。她说自己最大的兴趣就是读书,家里的经济条件也不错,父母都是高校教师,支持她在学术上的野心。她计划拿到博士学位后,再次回到上海,在一所大学当老师,过上真正的学者生活。除此之外,她还是一个诗人,出版过两本诗集,也翻译过两本德语小说。与他一样,她最爱的文学作品也是《浮士德》。她也不避讳谈自己的感情生活——男友是高中同学,硕士毕业后便在银行工作至今,虽然她在国外,但他们的感情还算稳定,至少看起来如此,他们已经约好了在她回国之后便结婚生子,过最普通的生活。他与她在异国相遇相知,算是彼此生活的小插曲。然而,她说她不会忘记他,她会将他深藏在心底,不会让第三个人知道他们的故事。他把自己的故事也告诉了她。这是只属于他们两个人的隐形誓约。

写完论文的那个夜晚,他约她一起共进晚餐,随后便去了她的住处。那个夜晚,他们并没有说太多的话,只是躺在床上,想着各自的心事。还有半个月,他就要离开德国,返回北京,完成最后的博士生涯。他们之间没有过去,也没有未来,他们拥有的只是这稍纵即逝,抓也住不住的此刻。

午夜时,他突然从梦中惊醒,因为他梦到了雪崩,而自己被厚雪深埋,发不出声音,只能绝望地等待死亡。在快要窒息那刻,他从梦中惊醒,身上满是盗汗。他摸着黑,从床上起来,来到了窗口,打开窗帘,外面果真下起了大雪。他打开了窗户,让夜与雪同时灌入自己的体内,随后便关上了窗户。

他又回到了床上,平躺着,回想着自己是如何从北方农村一步步走到了现在。每一步都是如此艰难,有过踟蹰与彷徨,但从来没有放弃过走下去的信念。记得在他八岁那年,父亲问他和弟弟以后的理想是什么,他说自己想在安乐县做个警察,而弟弟说想成为一名宇航员。那个时候,父亲就断言弟弟会比他更有出息。这么多年过去了,他依旧记得当年的种种场景,以及父亲确凿的眼神。也是在那年冬天,他和弟弟一起去玩耍,也不知道为了什么事情,两个人在雪天雪地里打了起来,结果是他把弟弟压在地上,差点掐死了他。要不是父亲及时出现,后果不堪设想。为此,父亲第一次用皮带抽打了他,让他在黑屋子里跪了一下午。那个下午,他透过窗户看着外面的雪,想要逃离这个家,去更远更大的地方生活。

如今,他好像实现了当年的愿望,心里却没有多少快乐。他不能确信的是,此刻的雪与当年的雪,是否是同样的雪。更不能确信的是,此刻的现实与对过往的回忆,哪一个更接近真实,哪一个更属于时间的本质。

## 第二乐章

令张天问意外的是,那篇关于《浮士德》的博士论文获得了全校优秀论文奖,他也因此成为优秀毕业生,给自己的学生生涯画上了还算圆满的句号。唯一遗憾的是,他没有留校,而是离开了北京,回到自己老家所在的省会城市,回到自己本科所在的那所普通师范院校任教。

去海德堡大学做访问学者前,导师已经给他做出了承诺,只要他能顺利毕业,留校应该没有任何问题。然而,从德国回来后,他却改变了主意,主动地联系以前本科所在的大学与老师,并且很快就收到了肯定的答复。毕竟他博士所就读的是全国顶级名校,而且他又在国外名校做过访问学者。当他把这个消息告诉导师时,他看到了导师脸上浮现出隐隐的不悦。片刻的沉默后,导师问他想好了没有,毕竟这里能够给他提供更好的学术环境,为他的学术生涯提供更高的平台。张天问没有说话,他的沉默已经是回答了。只是,他觉得自己有愧于导师的信任。

之所以做出如此选择,还是出于对现实的考虑,毕竟那所普通院校会给他提供三室两厅的房子以及车位,给他提供更好的经济保障。他与本校好几位年轻教师有着不错的关系,他们偶尔也会抱怨自己的收入越来越难应付北京的高消费水平,有几位一直住在学校的宿舍里,还有几位虽然买了房,但是面积小,离学校又很远,每个月要还高昂的房贷,这些支出让他们无法自由畅快地呼吸。好几个人也因为这个原因选择不要小孩。甚至曾经有一位老师告诉张天问,要是能够再次选择,他一定离开北京,去生活更轻松的城市工作生活。张天问之所以离开北京,不仅为了自己,也是为了能够更好地照顾父母。他曾经向父母许诺,要把他们接到城里生活。如果是在北京,这个想法几乎是无稽之谈。

让他改变主意的还有一个无法说出来的原因,那就是自己对学术生活的倦怠。虽然还没有开始真正的学者生活,自己却对学术失去了最初的热情。也许是因为自己读过了很多的书,对本真世界已经失去了兴趣。也许,这种念头来自研究《浮士德》的整个过程,浮士德与梅菲斯特的故事让他看到了学术生活的本质。因此,与其在名校中苦苦煎熬,还不如回到普通大学,过上轻松又自在的生活。当然,他并没有把这种邪恶念头告诉过任何人,包括倪梦在内。

与他相反,倪梦决定留在北京。她说北京虽然压力大,但这座巨城也给她带来了很多精神满足,提供了很多上升机会。更重要的是,她已经通过了笔试与面试,被一家著名杂志社录取,而且是事业编制。她平时最大的爱好就是写小说,而这个工作无疑是一个很高的平台。他们是同一个导师的学生,在一起已经快三年了。

那是一个周末,他陪她一起去坐摩天轮,之后便去附近的ZOO COFFEE 咖啡馆喝咖啡。其间,他终于把窝在心底的决定告诉了她。让他意外的是,她的脸上并没有流露出异样的表情,好像早已经预料到了这样的结果。沉默了半晌,她开始转向了别的话题,说着说着便流下了泪水。他把手伸了过去,握住她的手,

151

试图安慰她，但她一把推开了他。平复完心情后，她说："我原本以为会和你结婚的，看来是我太傻了。"他说虽然不能在一起，但以后还是可以做朋友的。她摇了摇头说："希望你为我再做最后一件事情。"他点了点头，表示愿意为她做任何力所能及的事情。她说："我父母一直说想要见你，说想要知道未来的女婿到底是怎样的人。"他表示在离校后，陪她一起回家，一起去见她的父母。

出了咖啡馆之后，他们在附近的湘菜馆吃了晚饭。随后，他建议一起去后海的酒吧。她诧异地看着他说："我记得你从来不去那种地方的。"他笑了笑说："我想改变改变自己。"她并没有再问下去。其实，他还想说的是，自己已经二十八岁了，除了念书之外，好像是白活了这么多年。

这确实是他第一次去酒吧。他们在后海选择了一家名为阿莱夫的酒吧，只因为他们都喜欢博尔赫斯的文学作品。在靠窗的位置坐下来后，他们各点了鸡尾酒，说了一些闲话，然后便坐在位置上，聆听驻唱歌手的演唱。喝完鸡尾酒后，他心里空落落的，仿佛是一个黑洞，需要更多的东西来填满。于是，他又点了五瓶啤酒，而她也没有劝阻他，只是偶尔凝视他。一杯接着一杯，他意识到自己不断地下坠，不断地接近意识的深渊。然而，他并不想因此而停止，因为这种堕落让他体验到了飞翔的乐趣，让他暂时地忘记了那些记忆的负荷。慢慢地，面前的灯光变得越来越模糊，耳旁的歌声也渐渐地退场，他突然意识到自己就身处于地狱，周围包裹着一层接一层的黑暗。

再次醒来已经是清晨，他睡在便捷酒店的床上，而倪梦已经不见了踪影。他已经忘记了昨夜是怎么来到酒店的，一定是她把他送到了这里。酒劲并没有完全消散，有点头疼，他仰起头来，喝掉了桌边的半瓶矿泉水。之后，他便去冲了澡，身上的酒气也散了很多。他看了看表，将近正午。这可能是他成年之后的第一次失控，而这或许也有着某种象征意味。以前他总是谨小慎微地活着，走错一步棋，可能就满盘皆输，因为这个世界不允许像他这样的人做错一个选择。从今天开始，他也许可以做错选择，可以失败，可以从头来过。面对眼前的镜子，他突然觉得自己是一个有力量的人。

他兑现了自己的诺言。离校后的第一件事情，就是和倪梦一起回她的老家。她的家乡是在山东的一个靠海的县城。那是他第一次，也是最后一次见她的父母。也许是因为她把他们之间的情感关系提前告诉了她的父母，所以两位长辈并没有过问他任何感情的状况，而是把他当作他们女儿的普通朋友来招待。

前两天，她带他在县城闲逛，向他介绍自己生活了很久的地方。到了晚上，他们则陪她的父母一起吃晚饭，看电影，说闲话。有那么一瞬间，他甚至觉得自己就是这个家的成员。说实话，他甚至有点动摇，觉得自己是可以和倪梦组建家庭的。午夜，他独自睡在书房，侧躺着身体，聆听着海洋的叹息声。

之后，他们一起去了海边。他第一次坐上了船，和她一起去附近的复活岛。岛上有一座弃用的白色灯塔，灯塔上有很多旅客留下来的笔迹。他们向前去看，基本上都是些祝福或者想念的话。当然，还有一些孤零零的名字，已经被海风蚀去了最初的模样。他默读着那些名字，仿佛是没有谜底的人间谜语。

随后，他们坐在海滩上，也不说话，只是看着无边无际的海出神。也不知过了多久，她突然问他为何流泪，他说想起了自己的弟弟，很小的时候，弟弟就想去看大海。她问后来发生了什么事情。他摇了摇头，拉着她的手，并没有说话，而她也没有再继续问下去。

直到黑夜降临，他们才离开了大海。

# 第三乐章

这是他在这所普通高校任教的第二年。坦率地说，他并没有得到想象中的自由。学校给他分配了很多的课，部分课甚至和他的专业无关，此外他还要做一些行政工作。与此同时，他还要在三个不同的校区来回奔波。真正属于自己的时间并没有多少。另外，他还担任一个班的班主任，负责文学院启明讲座的对外联系工作，等等。与如此巨大繁复的工作相比，每个月的收入显得如此微薄无力。每个月给家里打钱之后，剩下的钱都要省着去花，一不留神，便超出了自己的计划。为了装修房子，他已经向朋友们借了十二万。他又没有其他的收入，而这点工资让他觉得羞愧。

有一次同学聚会，他全程都避免谈论自己，而是看着其他人如何直接或间接地表演自己。有几个同学直接叫他教授，他听出了其中的揶揄意味。聚会结束后，同学们要么开着自己的车回家,要么打了出租,只有他一个人,孤零零地走到公交站牌,坐上公交,用了将近一个小时才下了车。自此之后,他再也没有参加任何形式的聚会,和同学们保持刻意的疏远:他们的存在更加重了自己心中的罪恶感。以前,他总觉得知识会带给他更多的荣耀和光环。讽刺的是,如今知识成为他的一种负担,一种隐形的羞辱。以前,他特别喜欢读书,书籍庇护了他,带给他更多的是精神慰藉。如今,他如愿成了高校教师,却完全失去了读书的兴趣,对所谓的意义也不再追问。那次参加同学聚会,他落落寡合,突然觉得自己就是被时间放逐的浮士德傀儡。

自从他毕业后,母亲就隔三岔五打电话来催他结婚,说他年龄这么大还不结婚,放在村子里是要被人笑话的。他反驳说自己早已经不是村子里的人了。母亲说:"哪怕你当了省长,我还是你妈,你还是农村人。"自此之后,他再也不反驳母亲了,很多话都是顺着她。其实,他并不是独身主义者,只是没有遇见合适的人。或者说,自从离开北京后,他心里想的全都是倪梦,即便他们已经断了联系。他觉得自己再也遇不到像她那样的恋人,可以分享一切,可以诉述真情。

有一天,他突然收到了倪梦打来的电话。她说自己下周就要结婚,邀请他去参加她的婚礼。他愣在了电话这头,之后答应她前去赴宴。然而,在她婚礼的前天,他突然改变了主意,决定不去北京。他把自己的决定告诉了倪梦,之后又通过微信,把份子钱转给了她。并不意外的是,倪梦没有再回复,也没有接收他的钱。第二天,钱又原封不动地退了回来。他突然明白倪梦属于过去，属于记忆王国，如今的她已成为陌生人，而他们都需要开始各自的新生活。

或许，这件事情正是一个起点。他突然发现自己在这个世界上太孤独了，以前总觉得哲学为他带来精神慰藉，读书让他不再孤独。如今，他越来越怀疑这种看法。那些抽象的理念，冰凉的文字让他与真实的世界越来越远。以前，他最喜爱的哲学家是康德与海德格尔。如今，他再也没有任何兴致去读他们的著作。他突然明白，自己需要的是更加真实的陪伴。

也就是在这种心理的支配下，他开始了自己的相亲之旅，这放在从前是无法想象的事情。刚开始，他还有点怯懦，面对陌生的女方，甚至不知道要说些什么。经过两三次的磨砺后，他也快速地变成了所谓的相亲达人，明白所有的相亲流程，知道在什么时候说怎样的话。而像其他市场一样，相亲市场同样冰冷、残酷，甚至带着虚伪的特质。每一次相亲，他都能学到很多现实的处世智慧。以前，他总觉得自己是与时代格格不入的人。如今，经过很多次最现实最本质性的交流后，他发现自己是可以剔除那些异质，可以成为生活中的人。

在经过十六次失败的相亲后，他终于遇到了一个看起来合适的人。对方名叫陈姗，比他小两岁，在一所高中教语文，本科与他同校，硕士则是在本省的一所重点大学。与其他人不同的是，她并没有一开场就问他是否有车有房，问他的收入情况，问他的家庭背景，而是说自己喜欢和读书人交流，喜欢和知识分子打交道。那天下午，他们谈论了很多关于文学、电影和旅游的事情，仿佛是从未谋面的老朋友。结束后,他们加了微信,关注了彼此的微博,并且相约下次再见。

没过几天,他和陈姗又一起共进晚餐,他请她吃日本料理。他们又说了很多的话,不知为何,他在她的眼神中看到了倪梦曾经的神情。只不过,陈姗并不躲闪他的凝视,好像要捕捉他的每一个微小细节。晚餐后,他们一起走在夜风中,两个人并没有多说什么话,而是带着各自的心事,踩着各自的影子。快到地铁口,他拉了一下她的手,而她也没有拒绝。又过了几日,她请他一起喝下午茶,又共同吃了晚餐。之后,他们又一起去了附近的万达影院,看了新上映的爱情电影。其间,他与她十指相扣,暗潮涌动。

从电影院出来已经晚上十一点了,他叫了一辆出租车,送她回家。到了她所在的天鹅湾小区后,她问他是否愿意上去喝杯红酒。他点了点头,陪她一起回家。到了家之后,她取出红酒,给各自倒上,然后坐在沙发上,靠在他的肩头,和他说着话。她说自己已经好久没有和人这么痛快地说过话了。

之后,她的表情突然变得相当严肃,说要告诉他一个秘密,并且强调在听了这个秘密后,他可以选择离开这里。他握着她的手,没有说话。她说出了那个秘密。原来在她三岁的时候,母亲就不要她了,而是跟着另一个男人跑了,从此就没有了踪影。父亲本来就是个实诚的人,这件事情对他打击甚重,郁郁寡欢。两年后,他跳河自杀了。自此,她成为真正的孤儿。之后,她爷爷把她接回了老家抚养。爷爷去世后,姑姑肩负起照顾她的重担。毕竟是寄人篱下的生活,她从小就学会了看人的脸色过活,也有着同龄人所没有的成熟。自从上了大学后,她就再也没有向家里要过一分钱。工作之后,她每个月都会给姑姑的银行卡上打钱,但她与姑姑并没有多么深刻的感情。只是每年春节时,会例行去看一下姑姑。如今她最大的愿望就是结婚,组建自己的家庭。她说,当别人了解她的情况后,都会退缩,都会选择离开。

讲完她的故事后,两个人好久都没有说话,只是喝完了剩下的红酒。随后,他亲吻了她的额头,也讲了自己的秘密。这也是他第一次给别人说出这个秘密,这个秘密与自己的双胞胎弟弟有关。

说完这个秘密后,她转过身来,抱住他说:"这些年来,你肯定吃了很多的苦。"也不知为何,她的拥抱是如此温暖,让他止不住地哭了出来。她一边流泪,一边安慰道:"人活着,都不容易。"接着,他身上有种力量被点燃,只有她的柔情能将他抚慰。他把她抱到了卧室,两个人如同饿兽,交换着彼此的秘密。

## 第四乐章

暑假的时候,他和陈姗一起去塞班岛游玩。在海滩边,他拿出了准备好的钻戒,单膝跪地,向她求婚。她有点惊愕,接下来是克制不住的快乐,她点了点头,拥抱了他,沉默的大海成为他们的见证者。不知为何,他突然觉得自己漂泊的心有了归宿。其实,他并没有太喜欢陈姗。或者说,他无法喜欢任何人了。然而，陈姗是一面镜子，他在其中看到了自己的孤独映像。

塞班岛之旅结束后，他带着陈姗一起回自己的老家孟庄。这也是自弟弟出事以后，他第一次带别人回自己的家。一回到村子，就有很多老乡主动上前来和他打招呼，有的人他已经忘记如何去称呼了，只能用伯、叔、婶、娘等简称来代替。怎么说呢，他毕竟算是孟庄的名人——第一个博士，第一个大学教师，也是第一个去过欧洲的人。虽然他不太回孟庄，但是关于他的传说，倒是听说了不少。对此，他并没有多做出过什么解释，毕竟神秘感也是一种力量的象征。当年，他立下决心，要成为让父母骄傲的人。如今，他算是做到了，虽然自己并没有多少快乐。

回到家后，他突然发现父母都老了，是那种身心俱疲的衰老。看到陈姗后，母亲握住她的手，像是迎接失散已久的女儿，说："姗姗，你终于回家了，我等了你好久。"也许是这句话瞬间击垮了陈姗的内心防线，她走上前，抱住母亲，轻声说道："妈，我回家了。"也许是某种幻觉，他发现陈姗和母亲的眉目之间甚至有些相像。

与父母不同，祖母外表的变化并不显著，甚至可以说，比过往要神采奕奕，也许是因为她已经丢失了过往记忆的负荷，拥有了更加轻盈的灵魂。看到他之后，祖母拉住他的手说："天恩，你回来了？"他摇了摇头说："婆，我不是天恩，我是天问。"婆摇了摇头说："不，你就是天恩。"他不愿为此再多说什么，于是握住祖母的手说："婆，我是天恩，我回来看你了。"随后，祖母又对陈姗说："莲花，你也回来了。"陈姗点了点头，说："我也回来了。"其实，莲花是祖母的小女儿，二十来岁的时候，过河时淹死了，有的人说是自杀身亡。对于这个小姑，他并没有多少印象了，只是偶尔会从祖母那里听到这个名字。至今，家庭的相册里还有一张小姑的照片，那是她生平唯一一张照片。

午饭后，他把家庭相册拿出来，和陈姗一张一张地看，有时候也会给她讲某张照片背后的故事。每一张照片都是一个独立时空，往日的岁月在其中凝固成型。有很多照片是他和弟弟天恩的合影，其中有几张小时候的照片，他都分不清哪个是自己，哪个是弟弟。

其实，在他们小时候，经常玩这种互换名字的游戏，几乎没有露出过破绽。有时候，甚至连他也搞不清楚自己到底是天恩还是天问。天恩就像是站在他面前的镜子，或者就是另外一个自己。小时候，他一直有一种错觉，以为他们就是一个人，以为他们永远也不会分离。上小学后，他才意识到他们是两个独立的人，两个人偶尔也会吵闹，甚至会动手打架。在这一点上，他们势均力敌，没有谁占上风。显而易见的是，父母那时候站在弟弟那边，他们更喜欢弟弟。因为当时的弟弟更活泼，更会说话，学习成绩也更好。记得五年级的时候，弟弟在全镇的作文比赛中获得了一等奖。父母专门带弟弟去县城，给他买了玩具、书籍与新衣服。每逢家里来了客人，父母都向他们展示弟弟的奖状与奖杯，甚至把弟弟的获奖作文打印了一沓，给每一个前来观看的客人。父亲在很多人面前预言，自己的这个儿子以后会成为大作家。那段时间，他们忽略了天问，把他当作隐形人，当作天恩的陪衬，而天问躲在角落，暗下决心，以后要成为让父母骄傲的人。也就是那个时候，他突然意识到天恩不仅是他的双胞胎弟弟，更是他最主要的敌人。他再也不会把自己的心事告诉弟弟，也很少一起与他游戏。

也许是造化弄人。上初中后，他们的命运发生了某种转换。他的学习成绩稳中有进，慢慢地排列到了年级的前十名，而天恩的学习不断地倒退，从年级的前十名，一直退到了年级的中等水平。在初三上半学期的期中考试中，天问拿到了全年级第五的好成绩，而弟弟甚至有两门课不及格。回家后，他把奖状拿给了父母，父亲激动地抱起了他，然后把奖状贴在客厅的显眼位置。随后，父亲当着弟弟的面，给了他一百元钱，让他随便去花。某个瞬间，他看到了弟弟落寞的眼神，然而自己像是完成了某种复仇，内心更多的是狂喜。

之后，他顺利地考上了县城的重点高中，而弟弟连普通中学也没有考上。弟弟又在初中补了一年课，依旧落榜，成绩甚至比第一年还要低二十分。弟弟再也没有去上学，而是在家里晃荡了半年，之后跟着村里的明光叔，去长安城里学修车。他和弟弟已经走上了不同的路，他们之间也几乎没有了交流。

上大学后，天问喜欢上了文学，写作给他带来了精神上的自由。大一寒假，他买了一本《浮士德》，打算在放假期间读完。没想到的是，看到这本书后，弟弟问是否愿意把这本书借给他读。天问先是愣了一下，还是把书给了他，其间，他开始尝试写诗歌，而弟弟则沉溺于《浮士德》中，两个人并没有实际的交流。暑期结束后，弟弟没有读完那本书，于是他把《浮士德》送给了弟弟。有一天，弟弟主动加了他的QQ，而其昵称也非常起眼，名为少年浮士德。他问弟弟为什么会起这样的名字，弟弟说自己太喜欢《浮士德》这本书了，虽然里面有很多不理解的地方。令他遗憾的是，这是他们在QQ上唯一一次交流，也是他们最后一次交流。

再次听到弟弟的消息，是母亲打来的电话。她在电话那头一边痛哭，一边喊道："快回来，你弟出大事了。"他问母亲是什么事情，母亲没有说，只是让他赶快回来。他给辅导员请了一星期的假，坐着火车，第一时间回到了孟庄。看到他后，母亲抱住他，厉声哭泣，说不出话来。等母亲平复心情后，他去了弟弟的房间，看到了平躺在床上的天恩，仿佛是沉睡中的狄奥尼索斯。然而，天恩死了。他喊着天恩的名字，却没有任何回应。之后，他们给天恩办了一个简单的葬礼。在弟弟被埋进黄土的瞬间，天问觉得自己灵魂中的一半也随之死去。

后来他才得知，弟弟是在一场酒后的冲突中，被对方用刀砍死的。罪犯已经入狱，但天问觉得自己心中有愧，觉得自己也应该接受审判。那段时间，村里的人用古怪的眼神看着他们家，与他们保持距离，好像弟弟的死玷辱了这个封闭的村庄。有好几年，母亲基本不出门，和村里人断了联系，家里的活计让父亲一个人扛着。天问也不再向家里要钱，而是利用业余时间打工、带家教挣钱，把多余的钱寄给了家里。也许是在那段艰难岁月，他觉得自己突然长大成人，没有了抱怨，也没有了苦乐，心里想的都是如何出人头地,让父母脸上可以有光。后来,他慢慢地实现了自己当年的诺言。然而,当他重新回到孟庄时,却发现自己过去追求的或许只是一场幻梦。

张天问把最后一张照片递给了陈姗。这也是他与弟弟的最后一张合影。那是在他们十三岁生日当天,父母领着他们去县城买新衣服,又看了马戏团表演,之后领着他们去胜利照相馆拍照留念。那时候,他和弟弟穿着同样的衣服,却是完全不同的表情:弟弟的脸上是欢乐、自信以及笃定的神情,有着光明的未来;而他呢,一脸茫然,失魂落魄,无法讨父母的欢心。如今看来,命运仿佛和他们开了严肃的玩笑,也不知从何时起,他和弟弟交换了命运,他站在了光明、希望与远大前程的一面,而弟弟则走向了至暗的深渊。曾经有好几次,他都想伸出手拉弟弟一把,但懦弱与自私同时阻止了他。他就眼睁睁地看着弟弟不断向黑暗处堕落,越落越深,而在很多场梦中,那个不断堕落的人是他自己,他听到了自己在黑暗中的绝望呼喊。奇怪的是,在弟弟死后,他再也没有过类似的梦。

晚上临睡前,母亲突然敲了敲门,走进来后,把一本旧书递给他,说:"这是从你弟的房间里找到的,上面还写着你的名字。"他接过来一看是本书,是那本自己曾经送给弟弟的《浮士德》。他翻了翻书,泛出时间的腐朽味道。他在书的扉页看到了弟弟写的字,是他们两个人的名字。书中有一些段落下画着波浪线,空白处时不时会有弟弟做的简单笔记。在书的末尾,弟弟写了一句耐人寻味的话:人不是为了活着而活着。

也许是因为自己对《浮士德》太熟悉了，于是随手翻到了喜爱的段落，向陈姗朗诵了起来。之后，陈姗也向他朗读了自己喜欢的段落。这也是他生平主动为第二个人朗读作品。小时候，他和弟弟经常为彼此朗读课文，有时候甚至会朗读彼此的作文。那时候的时间似乎也缓慢平和，那时候的他们也不分彼此，心有灵犀，仿佛是同一个人。

夜半，天问突然从梦中醒来，因为他仿佛听见了天恩在十字路口呼喊他的声音。他平躺在床上，凝视着眼前的黑暗，流下了眼泪。他突然明白，自己的一部分生命也随着弟弟的死亡而永远消失。

# 万　象

你就像黑夜，拥有寂静和群星。

——聂鲁达

## 水　象

　　还有三十六天，你将要迎来人生的第一次画展。同样再过三十六天，你将迎来自己第三十六个生日。刚开始的激动期盼已湮灭成灰，如今更多的则是焦灼等待，而这份等待是无法稀释的苦痛。当然，你早已经学会了将负面灰暗的情绪掩埋在心，他人看到的永远是你云淡风轻的假面。甚至在面对镜子时，你都无法辨识出自己的真正面孔。只有拿出画笔，面对画布时，你才能完全地交出自己，释放内心的恶魔。每完成一幅绘画，你便获得一次重生。即使重生只是场幻觉，却让你赢得了片刻安宁。对于即将举办的画展，你总觉得少了些什么，总觉得并没有完全呈现内心的荒野景象。直觉告诉你，你的心中还有未完成的画作。

　　穿着丝质睡衣，你走到画布前，拿起画笔，盯着眼前的空白，心中波涛涌动，却找不到回头的岸，仿佛是被遗弃在海中央的孤岛。当然，你早已习惯了这种举目四望，满是荒芜的孤独。半个小时后，你只在白色画布上留下了两笔蓝色，而这也是你今年来第七次画出类似的蓝色弃作。是啊，蓝色在召唤你，而你必须对此做出回应。

坐在阳台上，你点燃了一根烟，看着曙光从东方缓缓涌出，即将驱走这人世间的万般黑暗。你捻灭了烟火，拿起手机，打开相机，对着曙光拍了三张照片。你从其中挑选了一张最满意的照片，加了滤镜，然后发到个人微博上，配了一句简单的话，出自《圣经》——你们是世上的光。

你喜欢这种即兴的记录方式。自从五年前注册了微博账号，你便每天在上面进行一次更新，从未间断，仿佛是一种自我定位的简朴仪式。有时候是自己的摄影作品，有时候是自己的绘画作品，有时候则是简短的几句话。你从不转发任何微博，也没有关注任何人，只是在喧闹的世界里去记录，去探索，去完善自我。如今，虽然有十七万粉丝的关注量，但丝毫不影响你的记录习惯。然而，即便有这么多双眼睛在注视你，还是加剧了你的孤独感。你再也不能像很久之前那样随意而为，而是将自己最好的状态展示给他人。或许，你喜欢的便是戴着枷锁舞蹈。

这种记录的习惯来自父亲。你保存了他整整五本日记，那里也记录着他的苦乐悲喜。这些文字让你与他产生了更为亲密的精神关联，即便他的肉身早已不存在于这个世界上了，但灵魂却因此变得更加生动强劲。每次阅读他的日记，你都会对自我有新的认知。在你八岁生日那天，父亲的日记里只留下了一句话：女儿是我的生命之光。因此，你也记录自己的每一天。你明白，父亲仍在关注着你，只不过他是以隐形静默的方式存在于这个喧哗世界。

早餐后，你给昊天发了一条微信，告诉他你即将出发，之后便收拾好行李，离开了住处。没过多久，你便坐上了出租车。一个小时后，你在机场门口看到了昊天的身影。他向你挥了挥手，脸上是标志性的明媚笑容。也许，你正是因为他的纯真微笑而接受了他整个人。靠近他的时候，他象征性地拥抱了你，身上是清淡的古龙香水味。你非常熟悉这款名为蓝色密码的香水，因为这是你送给他的生日礼物。一个星期前，你陪他一起度过了他的二十八岁生日。那个夜晚，你们喝了很多的酒，说了很多的心里话。当然，更多的时候是他在诉说，你在聆听。因为从很小的时候，你就学会了将自己的内心封锁起来，从不将深渊展示给他人看。这是一种自我保护，也是一种自我匮乏。那个夜晚临睡前，他说出了压在心底的苦闷，动情之时，像个无助的孩子那样哭泣。他发誓会永远爱你，不会再让你受任何委屈。你并没有做出什么回应，只是握紧他温暖的手。这次双人海滨度假便是他生日那天你们共同做出的决定。

当飞机平稳地行驶在万米高空时，你仿佛置身于另外一个奇幻世界。他将目光放在了窗外动物形状般的大团云朵，而你则注视着他，回忆着你们之间的点点滴滴——起初，他在微博上给你发私信，表示欣赏你的绘画作品，并且写了一些评论性的文章，而你没有回应。那段时间，你刚离婚不久，内心动荡不安，不再期待真正的感情，对他人抱有更强烈的防备心。后来，他每天都会给你发私信，内容也各不相同，大致上都是自己的所见所闻，所思所想。他说，他在你的字里行间以及在你的绘画作品中，看到了彻底的孤独。三个月零五天之后，你通过私信把自己的微信号码发给了他，没有再说多余的话。三分钟后，你便收到了他的好友验证请求。你看见了但没有立即通过，而是喝完了半杯红酒后，凝视着自己刚完成的油画。半个小时后，你通过了他的验证请求，和他简单说了几句话，随后把自己的地址发给了他。接下来便是他的沉默。你知道，你的突兀肯定会吓走他，而这也正是你的本意。

那是一个漫长的雪夜，你靠在沙发上，开始阅读《追忆似水年华》的第二卷——这是穆津最喜欢的文学作品，他说自己在这部长河小说中发现了时间与艺术的本质，而这种本质性的东西又重新激发了他的绘画热情。进入普鲁斯特的文学世界后，你开始慢慢理解穆津所说的含义。在你放下书，准备去泡澡的时候，又收到昊天发来的微信，说他已经到了小区门口。不知为何，那一瞬间，你心生暖意，却没有立即回复他，而是去泡澡，因为你并不知道自己接下来该怎么办。又是半个小时后，你给他回了信息，谎称自己刚看到，并问他是否还在小区门口。所收到的回复是肯定的，你在镜子中看见了自己的微笑。于是，你化了淡妆，穿好大衣，踩着夜雪，去门口接他。那是你第一次见到他，也许是光线的原因，他比你想象中更清瘦苍白。他没有说话，而是上前抱住了你，像是失联很久的故友。你将自己的围巾拿下来，围在他的脖子上。你没有和他说话，而是拉住他的手，和他一起穿过茫茫黑暗。你领着他来到了你的房间，之后，你们的肉身在黑暗中试探与交融。在剧烈的冲撞中，你甚至短暂地忘记了自我的存在。不知道过了多久，你们平躺在黑夜中，没有说话，而他却突然唱起了一首民谣。到了副歌部分，你跟着他一起唱了起来。一曲结束，他又唱了另外一首英文歌曲。随后，他抱着你，而你抱着虚无，你们共同入睡。这是你们第一次相见，或许也是最后一次，所以你并没有什么特别的期待。然而，你的预感是错的，他并没有因此与你断绝往来。相反，他之后与你建立了一种更为亲密的关系——不是恋人，也不是密友，是一种无法描述的关系。此时此刻，他看着外面的风景，而你则看着他。事到如今，你越来越觉得他是一道独特且神秘的风景线。

飞机落地已经是下午三点。之后，你们搭了一辆出租车，前往夏日酒店。路上，你们没有语言上的交流，各自沉默，但他拉起了你的手，观看你掌心的纹路。他曾经说自己是手相学专家，可以预知他人的未来，是某种意义上的先知。你知道他是故作严肃地开玩笑，于是扮出虔诚的神态，请他为你预言未来。每一次研究完你的手相之后，他都是同样的结论：你将会成为卓越的画家，以及在经历一次失败婚姻之后，你将会遇到那个真正理解你且深爱你的人。你当然明白他的言外之意，但你并不想给他确定的答案。因为你明白他所爱的是作为画家的你，而不是作为普通人的你。他是美院毕业，热爱艺术评论，总是和你探讨关于艺术的各个方向的问题。甚至你们做完爱后，平躺在暗黄的灯光中，他所提及的都是塞尚、奥基弗与马蒂斯等画家的名字。他说自己最大的问题就是懂得艺术理论，通晓艺术史，却无法进行真正的艺术创作。有一次，他说他在你身上看到了自己梦想成为的那类人。你当然喜欢和他谈论艺术，但你早已在你们的关系中看到了动荡不安的因素。

　　此时此刻,在通往酒店的高速路上,他握着你的手,你则将目光放在了窗外倒退的风景,海洋的涌动声隐隐浮在耳畔,像是某种神兽的悲鸣。在行驶过高架桥的时候,你突然想到了十二年前的那场旅行,也是同一条路,同一座高架桥,同一种悲鸣,不同的是,身边坐的人是另外一个男人:那是你与穆津的第一次外出旅行,也是你生平第一次看见大海。当时的种种记忆已经模糊了。但是,你始终记得你们一起坐在海边看日落的场景。你决定要画出一幅关于海洋的油画,要将当时的种种情感都付诸笔端。这么多年过去了,你始终没有画出心中的海洋,而海洋却始终涌荡在你的心间,成为黑暗中的密语。

　　下午四点整,你们来到了酒店的房间,随后便是洗澡、喝水、静默与休息。之后,你们一同出去吃晚餐。他在网上预订了双人晚宴,是在一家临海而建的西餐厅。你们在靠落地窗的位置坐了下来,转过头,便看到海洋以及海面上的天光云影。虽然餐厅内流淌着肖邦的夜曲,但还是可以听到海洋的波涛暗涌。用餐时,你们闲聊着彼此的生活。他说他已经厌倦了在中学做美术老师的日子,但又无法离开,感觉自己像是被围困的野兽,有种强烈的窒息感。接着,他补充说自己也想成为真正的画家,又感慨自己没有绘画天赋。最后,你们的话题落在了你即将举办的画展。他对你过去的作品非常熟悉,也表示期待你的新作品。你说自己为这个画展准备了很久,展出的画作也基本确定了,但是总感觉缺少了什么。有个夜晚,你梦见了父亲,梦见和他一起去湖边看天鹅的那个午后,之后你把那些画展上的作品展示给父亲看,他摇了摇头,并不是特别满意。还没等你开口说话,父亲已经消失在黑暗中了。梦醒后,你决定在记忆的废墟中寻找过往,将其绘成画作。在雾茫茫的道路中,你看到了微光,也看到了方向。你唯一不确定的是这条路将带你去往何时何地。你已经做好了迎接一切风暴的准备。

晚餐后,你们沿着江城的街道散步,晚风中是海洋的咸味。与长安城不同,江城因为靠海,多了一分神秘的浪漫气息。他拉着你的手,哼唱着一首外国民谣,眼神中凝聚着光。这也许是你喜欢他的重要原因——忧郁又纯真,温柔又倔强。你在他身上看到了晓海的神情,他们眉目之间的神韵是同一种类型。这也许是一种情感悖论:你越是想要忘记一个人,越会在另外一个人身上找到他的种种痕迹;你越是想要逃避,越无法逃脱。这么多年过去了,你在来来往往的人身上,总能拼凑出晓海的破碎样貌。于是,你选择不去试图遗忘,也不试图铭记,一切都是天意。

你们来到了一家名为 BLUE NIGHT 的酒吧,各自点了一杯鸡尾酒,坐在酒吧的角落,看着灯红酒绿的喧哗世界,每个人的笑容背后都是疲惫与落寞。如果没有了绘画创作,你不知道自己该怎样与这个世界角力与妥协,更不知道如何克服心中的恶魔。从你七岁拿起画笔,创作出第一幅简笔画时,你就隐隐约约地开始明白自己将要过上双重生活。父亲是你绘画上的启蒙者,他不仅教你绘画的基本技能,更是以绘画为桥梁,让你看到更加宽广深邃的世界。父亲对你的影响,后来才慢慢地浮现出来。当你抬起头来,想要把自己的疑惑讲给父亲时,收到的却是满眼的荒芜:他已经不在这个世界上了,你所有的呼喊与细语都无法抵达。但是，你又选择相信他是以另外一种形式存在于这个世界，以另外一种目光凝视着你。

没过多久，舞台上渐渐安静下来，主持人介绍了今晚的驻唱歌手。这位眉清目秀、神色迷离的歌手开始弹唱自己创作的一首民谣，歌词的基本内容是关于孤独与迷失，以及无望中的希望。当第一个和弦响起时，你便被其流露的浓烈的情感所吸引，于是仔细地聆听每一个音符。你凝视着这位陌生又熟悉的歌者，在他细微的表情变换中再次看到了晓海。晓海以前喜欢唱歌，苦练过吉他，梦想成为一名歌手，甚至曾经为你写过一首情歌。至今你都保存着那份歌词，独自一人时也会哼唱起那首歌。那首歌是你和晓海之间的秘密，也是彼此的承诺。此时此刻，你屏气凝神地听他的歌，默默地流下眼泪。昊天坐在你的身旁，握着你的手，与你共同沉默。

回到酒店已经凌晨一点。你喝了很多酒，意识仍相当清晰，但身体却不听使唤——胃部灼热，双腿瘫软，头脑充斥着摆脱不掉的轰鸣声。清醒时，你会克制住自己的悲伤，将所有苦涩留给夜晚独自去吞咽。醉酒之后，曾经的苦涩又全部涌上心头，然而，你依旧不会向他人倾诉，依然无法完全去信任另一个人，只是哭笑无常，时不时会用唱歌来缓解内心的焦灼。即使醉酒，你也无法放下心中的包袱。你让昊天用手机播放歌曲，抱住他，在房间内随心跳舞。他的身体散发出迷人的青春气息，既带给你安全感，又让你失魂落魄。你靠在他厚实的肩膀上，双手环住他的脖子，问他会不会在将来某天离开你。他亲吻了你，承诺永远也不会离开你。当他将你拥入怀抱时，你却感觉他距离你越来越远。

你又梦到另外一个人,这个人和你有着同样的面貌,穿着也一样,只是她从来不开口说话,却如影相随。你并不知道她来自何处,更不知道她去往何处。于是,你以自己的名字呼喊她,也许对她而言,你才是真正的无名者。在这场梦中,你们不停地奔跑,后面有洪水猛兽在追赶你们。你们的族人已经被这场突如其来的洪水所吞噬,整个世界仿佛只剩下你们两个人。你们跑到了海边,洪水从四面八方涌过来。你们别无去处,而你水性太差,又不会游泳,这或许是你死期的到来。然而,她拉着你的手,向海洋的方向跑去。你们一起跳进了眼前的海。

进入海水的瞬间,你醒了过来,头脑中还残留着余梦的风暴。你从来没有把类似的梦告诉他人,这或许是你与梦中的她的秘密。或许,世界上真的存在着一个与你完全相同的人。或许,在她的梦里,你也是谜一般的存在。你和她虽然身处不同的世界,却有着同一个名字,做着同一场梦。不知为何,这种想法给你带来了很大的精神慰藉。

已经快凌晨五点了。你拉开窗帘,户外的天空开始泛白,黎明也即将来临,海洋却从未沉睡,观看着这世间的一切。你泡了杯茶,坐在窗口,聆听着海洋的叹息。半个小时后,你又回到了床上,注视着他酣睡的神情以及赤裸又坚实的肉体,他仿佛是做着美梦的拿斯索斯。你不想惊扰他的梦,同时又被他的美所吸引,所诱惑。你拉开了被子,用手抚摸着他那近乎完美,仿佛大理石般精雕细琢的肉体。你以前从未意识到他的美,这种刚性中带着某种女性的温柔之美。他的双唇仿佛黑暗中待放的花朵,甚至带有神圣的况味,而你此刻是他唯一的守护者。你屈服了这份美,开始亲吻他的脸庞,右手则在他的身体上抚摸探索,仿佛是迷失在海洋中的夜航船。

他醒来了,用吻回应着你的吻,用爱抚应答着你的爱抚。于是,夜照亮了夜。没过多久,你和他的身体盘根错节地纠缠,而你们的灵魂却因此分道扬镳。

再次醒来已经是正午时分。你们一起洗澡,一起吃午饭,之后又一起去海滩散步。你不会游泳,对海水有着天生的眩晕,所以只能坐在海滩上,看着海景,听着海浪以及周围孩子们的嬉闹声。昊天从小在海边小镇长大,水性相当好,很早便学会了游泳,用他自己的话来说,他感觉自己更像是海生动物。他穿着红色短裤,走向海洋,很快便消失在你的视野之外。你有点羡慕他,因为海洋意味着另外一种生活,意味着一种神秘的诱惑。与此同时,你又无法克服海洋带给你的恐惧。十二年前,穆津和你也曾经来到同一片海滩。那是你第一次看见真正的海洋,也是第一次与另外一个男人外出旅游。你答应穆津要学会游泳,但是这么多年过去了,你还是没有兑现诺言:海洋召唤着你,也恐吓着你。

你坐在海滩上,看着眼前的大海,心中的那幅没有开始绘的画慢慢地浮现脑海。随后,你戴着太阳镜,平躺在椅子上,慢慢地,沉入冥想之海。

晚餐结束后,你们一同去附近的艺术影院,看了伯格曼的电影《犹在镜中》。你对故事本身并没有多大兴趣,唯独喜欢电影所营造出的孤独氛围,尤其是那座孤零零的海岛,显得格外迷人。昊天与你有着同样的感受,他提议明天一起去海岛玩,海岛上还有一座白色灯塔。

次日上午,你们坐着轮船,一同前往那座海岛。离开海岸后,你有种挣脱了樊笼的自由,既惊喜,又不安。在船上的时候,你们的身旁坐着一位白发老人,眼神坚定地看着不远处的灯塔。没过多久,他开始和你们说话,讲起自己的往事。原来,他是那座灯塔的守护者。四十五岁那年他离开了家庭,因为种种机缘巧合,成为看守灯塔的人。他原本以为这只是份临时的工作,是逃避生活的借口,却一直做到了现在。他原本无法适应独自一人的生活,后来却无法适应外面的世界。妻子去世,儿子们结婚之后,他与外面世界的来往越来越少,但是也并没有完全切断联系。他喜欢听那些水手与旅客的故事。他以前是个中学老师,梦想着写一本与海洋有关的书。这么多年以来,他一直搜索着与海洋有关的素材,把听到的那些醉生梦死的故事变成文字。

下了船之后,你问他是否已经了解了海洋的全部。他摇了摇头说:"不,海洋始终是一个谜语。"随后,他又补充说,"这也是这么多年以来,我一直留在灯塔的原因。"目送老人走进灯塔之后,昊天领着你在海岛散步。整个过程,他也没有多少话,而你则将目光放在这座海岛的亚热带风情。在青埂崖前,昊天突然停了下来,拉起你的手,让你先闭上双眼。你突然间内心慌乱,但还是故作镇定地闭上了眼。等你再次睁开眼时,他已经单膝跪地,手心捧着一枚心形的钻戒。他郑重地请你嫁给他,并且承诺会保护你一生一世。你木然地杵在他的面前,内心百感交集,不知道该怎样面对眼前的一切。你想要逃离此时此地。

你并没有接受他的求婚，相反，你转过身，开始逃跑，逃到没有任何承诺与谎言的国度。你越跑越快，而他则在身后呼喊着你的名字。他的声音越来越缥缈，而关于前一段婚姻的回忆在你的心头却越来越清晰，无法驱散，也无法挣脱。

晚上，你们躺在酒店的床上，面对着周围的黑暗，都不开口说话。你知道自己伤透了他的心，因为你不知道这段关系将走向何处，也许会走向虚空。他的沉默让你如临深渊。过了很久，你在黑暗中抚摸他的身体，然后握住他的手。随后，你轻声地唱起了那首歌，但心中浮现的都是晓海的形象。唱完之后，他转过身体，抱住你，亲吻你的额头。你告诉他这是另外一个男人为你写的歌。你并没有说出关于晓海的故事，而他也没有过多地探问。你告诉他自己已经构思好了一幅画，画作的名字叫作《水象》。

"关于什么的呢？"他问。

"关于海。"你回答。

你们再也没有说话。你们一起聆听夜晚的海洋。

明天下午，你们将要离开这座靠海的城市，海洋已经装进了你的心间。你已经听到了海洋在纸上澎湃汹涌的声音。是的，你的体内也有一片大海。

## 土　象

如果没有遇见穆津，你的生活将是另外一番图景。甚至可以说，你将过上更动荡更漂泊的生活。你所拥有的一切都会土崩瓦解。你不会举办任何画展，甚至不再去画画，更不会受到艺术的庇护与诅咒。或许相反，你将过上另外一种更平实更庸碌的生活,你将会完全陷入生活的泥淖而麻木不堪,你将被生活的琐事所捆绑而无法逃脱,只能观看着生活的残影余像,束手无策,最终因为疲倦而死。当然,这些都属于自己的假想,而生活总是以无法预知又命中注定的方式,在你的面前徐徐展开,又无法被篡改。唯一确定的是,如果没有遇见穆津,你将会成为另外一个人。

这么多年过去了,你们的关系越发地纯粹坚固,而他始终是你在艺术领域最为信赖的人。因此,在完成《水象》之后,你立即拍了张照片,通过微信传给了穆津。没过多久,他便发表了自己的看法,主要的还是肯定,随后也提出了专业性的意见。他喜欢这幅画作的名称,并表示想要当面观摩此作。你当然不会拒绝他的请求,并且约好了会面的时间。随后,你又将照片发给了昊天。过了很久,他才给出了一个称赞的表情,并没有给出任何其他评价。是的,一些东西在慢慢地消逝,而你并不想做任何形式上的挽留与叹息。

那个夜晚,你独自坐在客厅的沙发上,喝着红酒,观看一部恐怖电影,这是你自我解压的最好方式。记得多年前的那个下午,父亲带你去县城看电影的种种场景。当天,影院只放映一部电影,是一部鬼片。父亲有些犹豫,问你是否愿意去看这种电影。你非常确信地点了点头,父亲便领着你进入影院。周围全是黑暗,而荧幕内是阴森恐怖的另外一个世界。一方面,那个新世界吸引你不断深入其中,不断下沉;另外一方面,你又想逃出电影院,回到平静又光亮的平常世界。所以,每当恐怖场景出现时,你一只手拉住父亲的胳膊,另外一只手则挡住双眼,留了一条缝,观看眼前所发生的一切。父亲问你是否想走,你摇了摇头,表示想要看完整部电影。父亲在你的耳旁低语道:"别害怕,我一直在你旁边。"这么多年过去了,你依旧记得父亲说过的这句话,即便他并没有遵守自己的承诺。在你无助恐惧的时候,他却不在你的身边保护你。

如今,你不再因此去责难父亲,而是将其幻化成一种力量,变成艺术。因此,穆津甚至比你自己还要了解你的绘画,他说在《水象》这个作品中,看到了你对神秘海洋的向往与恐惧。

下午,穆津准时来到了你家。看完你最近刚完成的几幅绘画后,他从理论上进行了剖析,有肯定,也有批评。这是你和他之间的精神契约:对待彼此的艺术,要说出最真诚的想法,不做任何形式的保留。随后,你们一起去楼下的咖啡馆交流意见。你们已经有半个月没有见面了,而穆津也快要完成最新的学术著作,并且打算先让你看看样稿,提提意见。他说自己十月份将要去趟美国,参加女儿的婚礼。说到这儿,他脸上露出了一丝愁容,说现在女儿真的要定居美国了,自己却有很多遗憾,要是她能有你这样亲近就好了。也许是因为看到了你脸上费解的神情,他不再说下去,而是换了另外一个话题。不知为何,你在他的眉目间看到了对生活的疲惫倦怠。他仿佛换了一个人,与你最初见到的那个人完全不同。那时候的他目光坚定,对生活有足够的信心。如今的他,在学术界与艺术界虽然有很高的声望,却仍像是在森林中迷失的孩子,对很多问题都不知所措。离开之前,他说自己三天后去沙漠上走走转转,寻找灵感,并且请你和他一同前往。你接受了他的邀请。看着他离开的背影,你突然觉得他是陌生人,而你们的关系也不知从何时开始慢慢变质。你又坐回位置，重新点了一杯卡布奇诺，看着窗外的熙攘人群，往事的潮水重新涌上心头。

在美院上大二那年，你主修了一门西方美术史，而教这门课的正是穆津。那时候，你对学业已经产生了倦怠心理，也很久没有认真作画，每天都是浑浑噩噩，对自己的未来没有任何规划，一心想着早日离开大学，去社会上工作。对你而言，上课只是为了拿到必要的学分，能够顺利地毕业。那时候，你并不想成为什么画家，只想过上最普通的生活。然而在你上了穆津的课之后，这种想法却慢慢地发生变化。与其他老师不同，他讲课时神采奕奕，风趣幽默，有一种天然的吸引力，能够将艺术史融会贯通，与其背后的历史、文化、经济甚至宗教联系起来，形成一种庞大的知识网络。更为重要的是，他会和同学们进行有趣的互动，而不是照本宣科、自说自话。在他的课堂上，你学会了用不同视角来认知艺术，进入艺术，令你重新燃起了对艺术的热情。每次上他的课，你都会坐在最前排，聆听他的每一句话，认真做着课堂笔记。在你与他的目光碰撞的瞬间，你并不闪躲，也不逃避，而是凝视着他眼神中的光。他是谜一样的男人。后来你才知道他是一个知名的画家，也是文艺理论家，出版过三本个人专著。于是，你从图书馆借来他的每本专著阅读，并且做了详尽的阅读笔记，也读了他在课堂上推荐的很多书籍。你越是了解他，越不敢主动去与他交流，有一堵隐形的高墙横亘在你与他之间。

事情的转机发生在五月末的一个下午。那是在放学后，他在讲台上收拾书本，同学们陆陆续续地离开了教室，整个空间只剩下你们两个人。你鼓起了勇气,走上前,把自己写的一封长信递给了他。还没等他开口说话,你便面红耳赤地离开了教室。那瞬间,心中的石头也落地了,你并不后悔自己如此莽撞行事。即便在他心里,你可能将会成为一个笑话,也无怨无悔。那个晚上,出乎意料,你收到了他的来电。他简短地回答了你提出的几个问题,最后邀请你周六上午去他的画室,看他最近的作品。你没有任何迟疑地答应了他。挂断电话后,你无法抑制心中的狂喜,不知所措,但又预感自己将迎来新的生活。狂喜过后便是焦灼,因为你还不知道该以怎样的姿态来重新面对他。

事情和你想象中的如出一辙。这一切都像梦境,要不是真实地发生在你的身上,你一定会觉得这种事情只存在于罗曼蒂克的电影中。这么多年过去了,你越来越觉得,整个过程就像是自己精心设计的棋局:你既是设计者,又是棋子。刚开始只是情感游戏,后来,你却越陷越深,无法自拔,因为你的骨子里是依赖于他人的。后来的某一天,你顿悟,终结了这场危险的情感游戏。你常常会因为这段关系而陷入道德困境,但是,你并不后悔自己最初所做的决定。

那个周六,你们在一家咖啡馆见面。他说他已经逐字逐句地读了你的长信。关于你提出的艺术问题,他做了更为详尽的回答。关于你对他的仰慕以及你的情感困惑,他并没有做出任何回应,而这种态度却激发了你对他的热情,更想要不顾一切地去得到他的关注和他的爱。虽然在那个时候,他有着稳定的家庭生活,而你则有一个在邻校的男友。喝完咖啡后,你们一同去他的画室。那时候,他刚刚完成了五幅以蓝色为主题的绘画作品,这些作品流露出一种澎湃激情,与他温和儒雅的外表形成强烈反差。其中,你最喜欢那幅名为《蓝梦》的画作,画的是一匹独角兽从浅蓝色的迷雾中奔跑而出的场景,而你似乎在蓝色梦幻中听到了独角兽的哀鸣。你提出了关于绘画色彩与结构的问题,而他的回答则别具一格,有着浓烈的哲学思辨气息。也许是因为太入迷了,你被他的神采奕奕吸引了,忍不住上前抱住了他。他突然停止了说话,抱住了你,而你似乎找到了失散已久的玩具,喜极而泣。离开画室前,他把那幅《蓝梦》送给了你,你也找不到拒绝的理由。

一周过后,你们再次在画室见面,没有说太多的话,而是进入最隐蔽又最热烈的主题:在彼此身体的冲撞中,你似乎看到了永恒的幻象。之后,你躺在他的怀中,仿佛暂时找到了安全的港湾。但是,你已经看到了这种安全背后的脆弱,因此更加珍重与他的分分秒秒,也不会让他做出任何承诺。很久之前,也只有父亲能给你带来类似的安全感。不知为何,在穆津身上,你看到了父亲投下来的阴影。也许,这也是他当初让你着迷的重要因素。这种想法让你在这场情感游戏中迷失了方向。

之后,这间画室成为你和他之间的情爱与艺术的乌托邦。你们长时间地待在这里,他关于艺术的种种理念与实践帮你打开了新世界,重新点燃了你对绘画的热情。于是,你重新拿起画笔,在色彩与形状之间,在形式与内容之间,寻找属于自己的表现风格。当沉入艺术创作时,你会出现忘我的境界,进入另外一种无我的世界。这在以前是无法想象的事情。慢慢地,你似乎又找到了活下去的理由。也就是从那时起,你暗暗下定决心,要成为真正的艺术家,虽然这意味着你将要牺牲很多个人生活。这间画室也成为你做梦的地方。除了穆津之外,没有人能读懂你的梦。当然,你也只愿意将自己的梦分享给他。

这间画室成为你们的共同秘密与共同乐园。画室内,你们是情人,是朋友,而在画室之外,你们只是普通的师生关系。这已经成为你们秘而不宣的誓约。这种看似危险的感情游戏,却让你体会到更为真实的甜蜜感。他鼓励你创作,并对你的每一幅习作都做出评价。大三上半学期,在他的推荐下,你的画作被选到上海的重要画展上展出,并且获得了相当高的评价。你卖出了生平第一批画作。在收到款项的第二天,你请他去西餐厅庆祝,接着,你们又一起去影院看新上映的惊悚电影。在电影的后半部分,你突然发现穆津靠着椅背睡着了,也就是这个瞬间,你突然发现他老了,而你们之间存在着的某种隔阂越来越清晰,越来越无法逾越。

你听从了他的意见,考取了本校的研究生,而他则是你的艺术导师。你为他整理准备教学课件,也为他的新专著寻找材料,提供意见,并且参与了最后的校对工作。而他呢,一方面积极地向外推荐你的画作,另一方面带着你参加各种学术会议与艺术论坛。研二上学期,在他的推荐下,你在美国的康奈尔大学学习了整整三个月。你们的关系也在发生一些微妙的变化:你们的肉身关系消失了,取而代之的是更为纯粹的精神关联。与此同时,他换了一个新的画室,而你们的秘密也随着旧画室的消失而消失。你始终觉得他是这个世界上最理解你的人,而理解比爱更加珍贵:理解是最深层次的爱。而你也从来没有放弃过去更全面地理解他，理解他的艺术与情感，理解他的困惑与踟蹰。在此期间，你们的关系也在微妙地变化。以前你对他一直是仰视的态度，后来随着自己心智与艺术的不断成熟，这种仰视逐渐演化为更为平等的交流，他也越来越重视你的看法与观点。除了你自己，没有人知道你为此走过多少艰难险阻，遇过多少曲折波澜。

研究生毕业后，在他的推荐下，你留校做辅导员的工作，也带一些本科生的课程。与此同时，你开始攻读博士学位。很早之前，你失去了人生方向，以为自己会过上随波逐流的漂泊生活，却不得不承认，他的出现改变了你的人生轨迹，甚至可以说，他让你发现了更深刻的自己，让你觉得自己并不是孤零零地存活于世。你不再惧怕未来的不确定，因为你的心中始终有光的存在。在你七岁生日那年，父亲送给你一本《安徒生童话集》，并且在那天的日记上留下了一句话：女儿是我的生命之光。这么多年过去了，你一直在寻找父亲所谓的光。

读博士的第二年，穆津第一次邀请你去他的家里做客。你没有拒绝，而是带着相当强烈的好奇心去赴宴，好奇心背后则是某种羞愧与隐痛。他的妻子比你想象中年轻漂亮，化着淡妆，身上散发出淡雅却高贵的香水味。他的女儿在和你打完招呼之后，继续去练习钢琴，是莫扎特的《嬉游曲》。随后，你们一同去客厅喝茶聊天，说了一些客套话之后，她便点明了这次见面的主题——给你介绍一个对象。她用了几个关键词来描述这个未曾见面的男人——学历高，公务员，有车也有房；不过眼光高，喜欢有艺术气质的知识分子。你不知道该如何接她的话，只能象征性地微笑点头。她说这个男生叫程波，是她的亲侄子，她看着他长大的，算是自己的半个儿子。她问你是否愿意和程波见见面，聊聊天，说不定还能处得来。你用余光瞥了穆津一眼，他的神色中有种令人费解的喜悦。于是，你点了点头，答应和程波见面。

三天后，你和程波在一家西餐厅见面。他比你想象的要清瘦单薄，也更能言善语，整个人的状态也是彬彬有礼，干净利落。整个过程，你和他相处得相当融洽，而他的幽默感也让你心生暖意。再后来，你们和其他恋人一样，一起看电影，一起旅游，一起吃饭。其间，你似乎尝到了爱情的甜蜜。而那段时间，你与穆津的关系也越来越淡，你与绘画的关系也越来越远。博士毕业那个季节，你与程波领取了结婚证，举办了婚礼。那个时候，你已经有了身孕，憧憬着自己将过上正常的生活。殊不知，迎接你的将是另外一番荒野景象。

这么多年过去了，很多情感都已烟消云散，过往的记忆却历历在目，恍若昨日。当你和穆津置身于内蒙古的这片沙漠，你仿佛看到了自己的内心图景，或者说走入了自己的梦境——在那个无尽的梦中，你迷失于一片橙色荒漠，独自一人，没有方向，只能不停地走，却又不知道该走向何处。然而，当你来到真实的沙漠时，内心的荒芜反而因为眼前的荒芜而消散。走了很远的路后，你转过身，穆津和同行的旅客逐渐变成了黑点，消失在地平线。越往沙漠深处走，你越能听到来自内心的神秘召唤。你听到穆津在喊你的名字，你并没有回头，而是不停地向前走——你仿佛置身于自己的梦境，分不清楚梦境与真实的边界线。与此同时，在你的头脑中，一幅关于梦与沙漠的抽象画开始慢慢显现，而你所能做的唯一事情就是记住画作的每一个细部，记住神启的每一个时刻,然后用画笔将其塑造成型。

## 金　象

　　画完关于海洋的《水象》与关于荒漠的《土象》之后,你突然明白了自己接下来该画些什么了。你将自己关在房间,用了两天时间画出了新的作品,名为《金象》。你将这幅画的焦点放在了一座倒塌的烂尾楼,其变异的钢筋水泥露出了狰狞笑容,仿佛在蔑视这座看似光鲜平静的废墟之都。画完这幅画后,你久久地凝视这座城市废墟,废墟之上是天光云影,废墟之间则埋葬着你的过往回忆。要不是因为创作,也许你会遗忘过去的细枝末节——绘画给了你最大程度的自由,同时,这种自由又让你成为记忆的囚徒。

　　画完《金象》的那天,你和昊天一同去吃了晚饭,之后又一起看了夜场电影。回到家后,昊天没有尽兴,你们又一起喝了红酒。他在今天拿到了新房子的钥匙,终于有了真正属于自己的住处,也因此多了份安全感。他从口袋中掏出一把钥匙,放到你面前,说:"那里以后也是你的家,欢迎你随时来住,我会一直等着你。"不知为何,心中的甜蜜与苦涩同时涌上心头,你强忍住泪水说:"我配不上你,我比你老,还离过婚,你应该找一个年轻的姑娘去结婚。"他走了过来,抱住你说:"我不在乎这些,我就是喜欢你,我不想和别的人交往。"接下来,你打开了音响,从里面传出他喜欢的爵士乐。他搂着你,在昏黄的灯光下,一起跳舞。这些舞蹈也是他曾经带给你的礼物。在跳舞的某个瞬间,你突然想象着和他未来的婚后生活——失去激情后的无聊、无奈与无助。那时候,你们的生活将没有舞蹈与音乐,只剩下沉默与战斗。你经历过一次失败的婚姻,明白其中微妙曲折的黑暗。于是,你将头靠在他的肩膀上,哼着音乐,希望这些短暂时刻能够成为某种永恒。

第二天上午,你们一同吃完早餐后,昊天便离开了你的住处。简单收拾之后,你也离开了这个空荡荡的家,要去见那个每个月不得不见的男人。刚开始的时候,你并不习惯这种固定相见的方式,因为你们曾经都发过毒誓,不再去见彼此,永远从彼此的世界中消失。如今,往日的烟云早已消散,而你呢,甚至将这种固定相见视为生活的某种隐形仪式。

你提前了二十分钟来到了这家位于长安路的洛神咖啡馆。在临窗的位置坐下后,你点了一杯加冰的美式咖啡,随后便翻看随身携带的小说,是远藤周作的《深河》。读了一会儿之后,你将目光放到了窗外,熹微的光线洒在世间,而每个来来往往的人,都负荷着各自的往事,携带着各自的阴影,走向时间深处。随后,你看到了那两个熟悉的身影,而他们都被各自身后的微光簇拥环绕。

程波和女儿朵朵坐在了你的对面。你给程波点了一杯焦糖玛奇朵,给朵朵则要了一杯摩卡星冰乐,然后又给每个人都点了一块蛋糕,所有的这些细节都成为仪式的重要组成部分。你和程波开始了简单的交谈。你们过去是如此亲密的人,如今只能在只言片语中了解彼此生活。他说自己的妻子刚怀孕不久,他还是很开心的,以后有人可以陪朵朵一同长大。你表示了祝贺,并问朵朵是想要个弟弟还是妹妹。朵朵没有说话,只是摇了摇头。为了避免冷场，你说了说自己的近况，并且邀请他参加你的画展。他点了点头，许诺会带女儿一起去看你的画展。半个小时后，他离开了咖啡馆，将时间留给了你和朵朵。

出了咖啡馆之后，你带着朵朵逛附近的商场。转了一圈之后，你给她买了新的裙子、鞋子以及玩具，之后又去了一楼的书店，给她买了一些课外读物。只有这些物质上的付出，才会减轻你心中的愧疚感。在女儿的要求下，你带她去附近的西餐厅吃意大利比萨。其实，你还是不知道如何去关心她，因为她的眼中是多疑和敏感。于是，你便询问她最近的学习状况。她点了点头说："还行吧。"当你再问具体的情况时，她显得很不耐烦，说："爸爸说今天出来就是休息的，不谈学习好吗？"

听到她的回答后，你心里虽然有些不悦，但还是堆出笑脸，换了话题，说一些讨好她的话。每个月仅有这一天半的相处时光，你并不想给女儿留下半点不悦，想要把自己最好的形象展示给她看。女儿越大，你心中的愧疚也越深，越是无法谅解过去的错误。你在她纯真的脸上，看到了自己曲折又破碎的过往。

吃完饭后，你带她去了你的住处，那个还无法被称为家的地方。你带她去看自己最近的绘画作品，而她也显然很有兴趣，甚至提出了几个很有趣的问题。她说自己最喜欢《水象》这幅画，因为她从来没有看见过大海，而她在这幅画中听到了海洋深处的鲸鱼声。你对朵朵说："过段时间，妈妈可以带你去看大海。"朵朵说："不用了，爸爸妈妈说他们会带我去看大海。"也许是看到了你脸上的微妙变化，朵朵拉着你的手，改口道："爸爸和那个阿姨会带我去看海，但是，我还是想和你一起去。"你抱起女儿，亲吻她的脸，承诺会带她去看真正的大海。

　　回到客厅后，你给朵朵取了一瓶酸奶，而她则从你的书架上取出一本绘画集翻看。她随手翻到了莫奈的油画，让你给她解释那些画作。你给她讲了一些关于印象派绘画的看法。她又翻看着其他艺术大师的画作，眼神中充满了好奇与疑惑。你问她是不是对画画感兴趣。她先是摇了摇头，然后又点了点头说："我喜欢画画，但爸爸不允许我画画。"

　　"为什么？"你问。

　　"爸爸说画画的人都不正常，爸爸想让我做一个正常的人。"

　　你突然感到自己的脸在发热发烫，甚至带着一种自责与讽刺。多年以前，程波曾经说他最喜欢你画画时候的专注神情，也最喜欢你的画作。如今一切都变了，过往的推崇如今看起来是如此卑微可笑。你拉着女儿的手说："爸爸的这个说法不对，如果你想学画画，妈妈可以教你。"

　　她点了点头说："但是，不能让爸爸知道。"

　　"好的，这是咱俩之间的秘密。"

　　说完后，你带女儿来到自己的画室，铺开了一张纸，开始给女儿讲素描的最基本技法。也就是在这手把手教女儿画画的时候，你才更能体会到母女之间那种亲密感受。女儿是有绘画天分的，对色彩与结构有着天生的直觉，然而，你打心底也并不希望她成为一名画家，而是希望她能够像普通人那样生活，把绘画只是当作兴趣爱好。当然，这只是你的个人意愿，你并不能决定另外一个人的命运。很多年前，父亲估计也是同样的想法，他是你绘画上的启蒙老师，明确表示不希望你以后以绘画为生，而是应该有份稳定的工作。事到如今，父亲也许不会对你大失所望。至少，你靠着绘画过上了相当不错的物质生活，也有了他不断强调的社会身份。其实，你最希望他能够参加你的画展，以你为荣，为你祝福，然而一切都来不及了，他已经不在这个世界上了，没有人知道他到底身处何地。但是，你依旧相信，他始终站在你的身后，以另外一种方式关注着你。画画的时候，这种感受更为强烈而生动。

晚饭结束后，你带朵朵去电影院，观看刚上映的动画电影。你明白自己是多么的自私，自己并不是合格的母亲。在她三岁那年，你和程波协议离婚，并且主动放弃孩子的抚养权，搬出那个名存实亡的家，开始一个人的生活。为了所谓的创作自由，你宁愿放弃家庭生活，放弃孩子，孤注一掷地追求精神生活。事到如今，你无法原谅自己的决绝与冷酷。但是，你的生活中不能没有艺术，不能没有画画，这些都是你活在世界上的真正理由。除了成为自己，你别无选择。因此，你对女儿始终怀有愧疚之情，你总是想尽各种方式来满足她，取悦她，从来不在她面前展现任何负面情绪。

记得小时候，你在自己母亲面前，总是小心翼翼，生怕做错事，害怕惹她厌烦。在你的记忆中，母亲一直是个不快乐的人，总是在抱怨生活，埋怨父亲。她总是以悲观的态度看待世界，将所有的过错都推给了别人，而自己是唯一的受害者。母亲对你并没有太多的爱，总是以各种理由来责难你。心情抑郁的时候，她甚至会说后悔生了你，说你毁掉了她的生活。那时候，你并不理解母亲这句话的意思，也从来不辩驳，不质问。你总是躲在角落，竭力避免与母亲单独相处，因为你害怕她，害怕她不断地暗示你的存在是一个错误。那时候，你总是希望自己能快点长大，快点离开那个家。你在心里已暗下决心，以后要是有了孩子，一定要成为温柔耐心的母亲。讽刺的是，如今的你，为了所谓的自由和艺术，主动放弃了女儿的抚养权。更为讽刺的是，你慢慢理解了母亲当年的种种困顿与艰辛。

看完电影后，你带着朵朵去附近的蛋糕店买了些甜食。一路上，她都拉着你的手，偶尔会哼唱新学的歌曲。过十字路口时，你抱起女儿，沿着斑马线走向对面。在你的记忆中，母亲从来没有抱过你，甚至不愿意多看你一眼，而你则尽量在女儿身上弥补当年的种种缺憾。

没过多久，你们便回到了家。洗完澡后，你和女儿开始吃刚才买的甜食。她的脸上也涌出心满意足的表情。她说她爸爸不允许她在晚上吃甜食。你说，这也是你们之间的秘密，你不会告诉他的。你在她的脸上，看到了自己小时候的神情。吃完之后，女儿突然问你："妈妈，你一个人生活不害怕吗？"

"不害怕，因为妈妈要教书，也要画画。"

"妈妈，你可以再结婚的，这样就会有人陪你了。"

不知为何，看到女儿纯真的表情，你突然有种想要哭泣的冲动，然而你却微笑着对她说："有你陪着我，妈妈就很开心。"女儿没有再说话，只是点了点头。你陪着女儿翻看画册，时不时地回答她那些天马行空的问题。是啊，不得不承认，朵朵对艺术有种独特的热情，而你所能做的就是鼓励她，维护她的这份热情，让她最大限度地成为自己。其实，你心里特别清楚，艺术改变了你的生活，常常将你推向深渊，然而在你最困顿的时候，艺术又拯救了你。

临睡前，女儿让你给她讲故事。于是，你给她讲自己的童年故事，特别是暑假期间，你与表妹莉莉的故事。那时候，你和莉莉像是彼此的影子，总是能在那个偏僻乡间找到种种乐趣。每年暑假，母亲都会把你送到外婆家，你便可以无拘无束地做自己。除了完成暑假作业，剩下的每分钟都是自由自在。直到如今，你都特别怀念那些短暂的快乐时光。

没有听完你的故事，朵朵就睡着了，但你却没有丝毫睡意。你离开了卧室，打开一瓶红酒，坐在客厅独自啜饮。外面的夜色更浓厚温柔，而你的心却漂浪到过往的时空。刚才，你对女儿撒了谎，但你并不为此内疚。其实，这么多年来，恐惧与害怕从来没有真正离开过你。原本以为婚姻会让你找到平静，找到自我。事实证明，这只是你的纯真幻想，婚姻以自由之名将你捆绑，让你几近窒息。

刚认识程波的时候，一切都符合你的标准：他有着稳定的工作，是地税局的公务员；他毕业于上海的重点大学，研究生学历；他的家庭背景也很好，父亲是高校教授，母亲是国企领导；最重要的是，在严肃的外表下，他懂得幽默，懂得温柔，又懂得如何赢得一个女人的心。几次约会之后，你们便确定了恋爱关系，甚至毫无保留地交出了彼此的心。在那段热恋时期，你们有说不完的私语，走不完的夜路，分享不完的音乐与电影。你带他看各种画展与艺术展，给他讲伦勃朗、高更、安格尔与弗里达等人的艺术，而他则带你去各地旅游，去玩桌游，去爵士酒吧，甚至去玩极限运动——当你们一起拥抱着从高空坠落之时,你撕心裂肺地呼喊,似乎把身体中的所有恐惧激醒。在快速下坠的瞬间,你甚至产生了掉入深渊临近死亡的幻觉,但你突然间不再害怕死亡,因为他在你的身旁,紧紧地抱住你。当你们倒立身体,停留在空中时,你抱紧他,然后睁开眼睛,看着他,同时也确定了他是你毕生最重要的男人。

他的母亲一开始反对你们交往,觉得你配不上她的儿子。原因也非常简单,你的家庭条件太普通,你的父亲也过早去世,你是在并不完整的原生家庭下长大的,因此,她质疑你的精神状况或许并不稳定。对于她的种种猜忌,你并没有完全放在心上。毕竟这么多年过去了,你遭受了太多的曲解与非议,那些留在你心上的种种疤痕早已变成自己的盔甲,有着足够强大的抵抗力。唯一让你内疚的是,在介绍你的家庭时,你不得不撒了谎——你父亲并不是因为生病而早逝,而是以决绝的方式离开了人间。

对于母亲的反对,程波始终坚持自己的立场——他确定你就是世界上那个让他等待已久的人,而你则是唯一契合他灵魂的女人。在听到灵魂两个字的时候,你的心也紧缩一下,既苍凉又温暖,因为这个世界上唯一不需要的可能就是人的灵魂。在他的坚持之下,他的母亲才勉强接受了你,同意了你们的交往。那时候,你唯一想做的事情,就是证明她的种种猜测只是个人偏见,你会和她儿子过上生动丰富又令人艳羡的生活。

认识五个月之后,你们在城市最大的五星级酒店举办了婚礼。婚礼过后,你们一同去巴厘岛度蜜月。在那里,你看到了世界上最美丽的海景与日落,听到了最美妙的民谣,也闻到了最迷人的花香。每一天,你们几乎二十四小时都不分开,一起洗澡,一起睡觉,一起漫游,一起探索异域风情。有他的陪伴,你甚至觉得整个世界都是甜的,而你们的眼里只有彼此的存在。在彼此交融的瞬间,你甚至感觉你们就是同一个人,也觉得新生活就在眼前。在夜色的映衬下,海洋在暗处汹涌翻滚,你也听到了彼此内心的滚滚暗涌。在半梦半醒之间,你甚至产生了某种幻觉,以为自己就是海洋的新生儿。

蜜月之后,你们开始了真正的家庭生活。一切美丽的东西最终都归于平常,而手中所紧握的美丽也抵挡不住时间的损耗,慢慢地走向破碎,最终化为乌有。你也并不知道,具体是从哪个时间点开始,你们的关系发生了质变,开始转向另外的航向。在不知不觉中,你突然发现自己并不是特别了解眼前这个男人,甚至到最后,你发现你们居然是最熟悉的陌生人。

如今回想起来,你仍旧找不到是从何时你们的关系开始走向冷漠,甚至充满了恶意。结婚后没多久,他开始忙碌自己的工作,整天都在应酬、开会与写材料中耗费自我。回家后,整个人也显得疲惫麻木,对你也变得麻木,甚至不愿意碰你。刚开始,你主动找他说话,询问他的烦恼忧愁。起初,他还会在你面前抱怨工作,后来慢慢地变成了敷衍冷漠。于是,你放弃了这种沟通上的努力,对他的生活也不管不问,等着时间去解决这一切问题。每天回家,他坐在客厅里,拿着遥控器,看各种电视节目,而你则选择读书、追剧或者做教案。那时候,你以为这就是婚姻的实质,从最初的热烈归于平静,从掏心掏肺地说话到彼此的冷冷清清,从主动到敷衍。慢慢地,你看清楚了这平静潜流背后的疾风骤雨。

更为可怕的是，他并不支持你去画画，语气中带有显而易见的嘲讽。有一次，他甚至说搞艺术的人性格都有缺陷，所以要靠艺术来发泄心中抑郁。起初，你还会与他争辩，后来，你也失去了耐心，也渐渐地明白，这种尝试沟通的努力只不过是一种徒劳。你们终究不是同类人。然而，他的那些关于艺术的激烈言辞仍旧会刺痛你的心，自此之后，你也不会把自己最真实的想法告诉他。

最可怕的是，你发现自己失去了绘画的冲动。刚开始，你以为只是自己不够耐心、不够平静的缘故。当你长久地凝视白色画布时，却发现自己迷失了方向，画不出任何作品，头脑中全是混沌的理念。在七次失败的尝试之后，你放弃了画画，艺术也在你最绝望的时候抛弃了你。你不知道何时才能重新拿起画笔。不再画画的时候，你有种强烈的丧失感，仿佛灵魂中最核心的部分被粉碎毁灭。

女儿出生之后，你并没有因此得到更多的喜乐，相反，更多的时候，是一种生活上的窒息——你时时刻刻要把心放在这个新生命上，于是，你必须无条件地放弃自我最重要的部分。不得不承认，女儿的诞生剥夺了你很多的自由，让你在无尽的操劳中丧失自我，而你又不知所措，只能无条件地付出，不求任何回报。成为母亲后，你才真正地理解了自己的母亲，理解了她的冷漠与无助。然而，你并不允许自己成为母亲那样的女人，你以最大的温柔和耐心对待女儿。当朵朵第一次喊妈妈的时候，你心生苦涩，流下眼泪。你抱起了女儿，给她哼唱歌曲，并且在心底立下誓言，放弃绘画，成为他人眼中的好母亲。

然而，你最后还是违背了自己的誓言。成为母亲之后，你才发现自己其实并不适合抚养孩子。艺术的冲动仿佛心魔，一次又一次地啃噬你的灵魂，让你始终无法摆脱内心的愧疚。你总是告诉自己要坚持下去，又不知道这种坚持的意义在何处。有一次，女儿不小心摔碎了玻璃杯，小手被碎片划破，你突然间不知所措，陪着女儿一起哭泣。在去医院的路上，程波和婆婆对你说了非常难听的话，甚至说你这样做是预谋好的，说你把对家里人的怨气全部撒在了孩子身上。快到医院时，程波突然阴阳怪气地对你婆婆说："搞艺术的人都有点神经病，你要理解。"对于他们的种种责难，你没有辩驳，也无力取悦，所能做的就是保持沉默与忍耐。

从医院回来之后，你们的关系也开始走向恶化。没有经过你的同意，公公和婆婆搬到了你的家，他们将你当作外人，或者从来也没有把你当成自己人看待，对你的客气中带有强烈的冷漠，对你的问候中带有明显的嘲讽，从不让你独自带着女儿玩。有一次，程波连着三天都没有回家过夜，他说自己是出差了，而直觉告诉你他只是厌倦了你，他在外面有了其他的女人。但是，你并没有质问他，而是不理不问，也许，他在你的态度中也找到了答案。接下来的几个月，你们基本上没有了语言上的沟通，而他也搬到了次卧睡觉。那个时候，你几乎每天晚上都要失眠，感觉自己走到了悬崖的边缘，伸头往下看，是看不见的深渊。后来，你只能靠着安眠药入睡，在无数个长夜，你总是梦到同一个场景——你在黑夜中自由自在地飞翔，飞到没有任何光亮的永恒黑暗。

女儿过完三岁生日之后,你主动提出了离婚,而程波也长吁了一口气,没有任何迟疑地同意了你的提议。很快,你们便办完了离婚手续,与此同时,你主动放弃了女儿的抚养权,净身出户。最后一次离开的时候,你对女儿撒谎说自己要去世界各地旅游,要出去很久很久才能回家。女儿让你带她一起去旅游,你说要等她长大了才能一起去。最后一次关掉那扇门的时候,心中的千头万绪全部涌上心头,但你还是忍住了心中的悲痛。走出小区,迎接你的却是漫天大雪。你扬起头,雪花落在你的脸上,你的舌尖,而你则看不清楚天空的形状。在雪地里站了很久,你才等到了一辆出租车。坐到车上后,你才发现自己的眼泪冻成冰刺,扎在心间。电台上放着动人的情歌,而你的心在这温柔的旋律中慢慢地破碎成灰。

回到自己的住处后,你突然间获得了灵感,于是将自己关在画室,将心中的恐惧与悲伤都付诸笔端,变成各种各样的画作。除了吃饭以外,剩余的时间,你都与自己的心魔角力抗争,甚至在作画的时候,会完全忘记自我的存在。与此同时,你发现自己正在突破旧风格,在崭新的绘画语言中,你发现了艺术上的新大陆。你欣喜若狂,面对着镜中的自己,独自舞蹈,然而,没有人可以与你共享这份绝望后的喜悦。二十三天后,完成一幅名为《冰冻之河》的油画之后,你放下手中的画笔,走出了画室,瘫软在床上,睡了一天一夜。之后,你独自去郊外散步,温煦的光线洒在路上,而你也仿佛因此获得了某种新生。

如今回顾往事,你并不后悔自己做出的每一个决定。即使遭遇了各种各样的非议与责难,但你的心却在不停地创作中获得了最大限度的自由。自此之后,你知道自己再也不会结婚,再也不会过普通女人那样循规蹈矩的生活,但是,你仍然相信爱情,相信世界的善意。在放弃很多重负,艰难向上时,你觉得自己的人生还有更多的可能,更好的未来。

已经凌晨三点钟了,你打开手机,戴上耳机,重新聆听那首雪天时在出租车上偶然听到的情歌。循着节奏,你在昏暗的灯光下起舞,原来这首歌一直驻留在体内,保存着过往的疼痛与难堪。一曲终了,你也累了,放下耳机与手机,去卧室睡觉。临睡前,你亲吻了女儿的脸以及她的梦。

早晨八点,你按下闹钟,叫醒女儿,给她准备了简单的早餐。吃完早餐后,你就要送她回那个家。女儿有点不舍,拉着你的手,问道:"妈妈,我可以不走吗?我喜欢和你在一起,在那个家,我感觉自己像个外人。"

你不知道该如何回答,只是抱了抱她,说:"回家了,赶紧把作业补完。"

女儿没有说话,背着书包,拉着你的手。你开车送她回家,一路上,你们都没有说上几句话。一个半小时后,你把她送到了社区外,而程波已经在门口等待多时,眼中满是温柔。他向你们挥着手。某个瞬间,你甚至产生了错觉,以为这里也是你的家,以为他是你唯一等待的那个男人。然而,这不过是一场匆匆终结的梦。临走前,你邀请他参加你即将举办的画展,而他表示了祝贺,并且许诺会准时参加。

送完女儿后，你又独自回到住处。你给昊天发了信息，让他晚上过来陪你。不知为何，面对《金象》这幅作品，你总觉得不太满意，因为它并没有展现出你内心的荒芜景象。在与女儿相处了一天之后，你突然理解了那种荒芜的本质。于是，你展开了画布，重新创作这幅作品，而那张旧画被撕碎，扔进了垃圾桶。

## 火　象

还有九天，画展就要开始了。你已经把邀请函逐个发了出去，还有最后几张，是你留给自己的家人的。你一直不确定是否邀请母亲和继父来参加这个画展，毕竟从自己离婚这么久以来，你基本上与那个家失去了联系，连最起码的关心都没有了。只有在过年时，你才会象征性地给母亲打个电话，说上两三句祝福的话，之后便是彼此的沉默。挂断了电话后，你会深吸一口气，然后缓缓吐出。你实现了小时候的愿望，离开了那个家，有了自己的个人空间，过上了独立的生活。然而，这么多年过去了，你并没有得到真正的快乐，与此同时，你越来越理解母亲当年的冷漠与困境。越是理解她，越是不敢再去靠近她，原因是你害怕从她的身上看到你的未来——即便不再联系，但母亲在你心中始终像一面站在面前的镜子。

最后，你还是改变了主意，决定邀请母亲和继父来看你的画展。其中的一个原因是父亲的日记。你清楚地记得，在某一篇日记中，父亲曾写道：金华太孤独了，她和我就像生活在一起的陌生人；不过，女儿越来越像她了，我希望女儿可以更长久地陪伴她。你对父亲留下的那些日记非常熟悉，不知为何，父亲多年前留在纸上的那些声音,已经潜移默化地进入你的生活空间,甚至成为你艺术创作的重要泉源,成为你的声音。

另外一个原因则是创作上的需求。在完成前面三幅绘画后,你突然间特别疲惫,丧失了灵感,厌倦了长久的等待,不知道该如何绘画接下来的《火象》与《木象》这两幅作品。面对空白的画布,你头脑中也是空白无物,仿佛身处荒原,举目四望,没有任何出路。越是临近画展,你越是找不到合适的表达方式——记忆似乎对你关上了大门,将你挡在了门外。于是,你将自己的创作僵局告诉了穆津。听完你的困惑后,他建议你暂时走出画室,多去外面走动,最好回老家和母亲生活几天。

你听取了他的意见,随后拨通了母亲的电话,告诉她你想要回家住几天。母亲迟疑了几秒钟,也许,这个消息对她而言有点突兀鲁莽。或许在她心里,早已经没有了你这个女儿。然而,你很快收到了她的肯定回复。挂断电话后,你扬起头,突然看到一个飘荡在空中的红气球,你还不知道该以怎样的姿态重新面对母亲。

次日清晨,吃完早餐后,你便开着车,离开长安城,向平乐县驶去。你太熟悉这条通往记忆深处的路了,即使没有导航设备,你也记得每一个拐角与路口。越是靠近故乡,你越是胆战心惊,因为那里有着太多你想要逃避的东西。你突然间想要放弃,不想回家,不想面对那些破碎往事。然而,你暂时无法回头,因为你必须走完剩下的高速路。你打开了音响,里面传来卡拉·布吕尼的歌曲《所有人》,你不由自主地跟着哼唱起来,夏日的风景也因此变得温柔明媚。

开车下了高速后,你将车停到了渭河岸边。下了车,你点燃一根烟,看着眼前的熟悉景象。很多年前,父亲也曾带你去河边,摇摇手,召唤着河中央的船夫。之后,父亲和你坐在船上,一起去河对岸。当船进入中央时,船夫扯起嗓子唱起了民歌。父亲跟着他一同唱起来,歌声惊飞了落在船上的水鸟。那时候,虽然你听不懂歌词的深层含义,但你还是跟着节奏,拍着手,跺着脚,为他们伴奏。你已经很久没有看见父亲如此轻松快乐。

父亲要带你去对岸。他说对岸有一种奇怪的树,名叫生命树,每一个看到这种树的人都会得到上天的恩惠。你并不是特别理解父亲的意思,但你期待能看到生命树。到了对岸后,父亲拿着别人给他的地形图,领着你一同去找生命树。你们走了很长的路,经过了三个山洞、两个断崖以及一片野草莓之后,你们终于来到了地图上所标识的位置。然而,这里除了一棵杨树外,什么也没有。你在父亲眼中看到了从未有过的失落。你拉着父亲的手说:"我们也许找错了,生命树或许在另外的地方。"父亲摇了摇头说:"不会的,他不会骗我的。"你不知道该说些什么,于是站在父亲的身后,看着眼前的一切,沉默了很久。回家的路上,父亲眼神空洞,目光涣散,没有再说一句话。

如今回想起来,你还是不够了解父亲,他的存在对你而言始终是一个谜。抽完烟后,你转过了身,重新回到了车里,重新打开了音乐,沿着柏油路,向着那个熟悉的方向驶去。在经过一个漫长的隧道时,你产生了错觉,感觉自己是沿着时间的反方向行驶,驶向记忆的深渊,驶向梦的乌托邦。

四十分钟后,你终于回到了平乐县。小时候,你一直觉得这个县城就是整个世界，是无法穷尽的时间迷宫。有一次，父亲带你去县城看马戏团表演。中途，你去小商店买糖果，等出来之后，人群已经将父亲湮没。于是，你一边吃着糖果，一边哭着寻找父亲，口中的甘甜加剧了心中的苦涩。那时候，你以为自己再也找不到父亲了，你以为自己永远走不出这个没有出路的巨大迷宫。如今回想起来，那时候的自己太过天真脆弱，也许因为有父亲的庇护，所以很容易被未知的恐惧所击碎。后来，等自己长大，去了省会城市读书，见识了种种风雨之后，重新返回县城，你才觉得这里是如此渺小卑微，以前的自己是那么可笑荒唐。当然，如今的你，眼中满是沧桑，丧失了少年时代的纯粹明亮。

你把车停到了附近的停车场，接着去旁边的超市，买了些水果、酸奶和蜂蜜。之后，你便提着装满这些东西的塑料袋，去见母亲和继父。这么多年过去了，外面世界已经天翻地覆，换了一次又一次的面容，而这里依旧保持着旧日的风貌，只不过，附近的建筑物和人都比往年陈旧、衰老了很多。在路上，你遇到了好几个熟人，却忘记了如何去称呼他们。当他们喊到你的名字时，你扬起了头，微笑，和他们握手寒暄，假装还记得旧日的交往。在父亲出事的那年，你一下子看清楚了这些人的嘴脸，同情的表象下，是他们在暗地里嘲讽、造谣与奚落，是他们对你和母亲的排挤与孤立。那段时间，你突然长大了，也见识到成人世界的凶险冷漠。那时候，你就暗自下决心，等自己独立之后，要与这里的所有人都斩断联系，不要再有任何形式上的交流。然而，你依旧没有这份勇气和决心，这里有着你无法清除的灰暗记忆。

母亲依旧住在那个六层高的单位楼里，楼道中渗出腐朽的气息，白色墙面上泛黄泛霉，上面贴着各式小广告以及大片的黑色涂鸦。你沿着陈旧的楼道，一步接着一步地向上走。越往上走，脚步也变得越发沉重，仿佛有股无形的力量把你往下拽，阻止着你和他们的相见。但是，你已经下定决心面对接下来的一切。

你敲响了601的房门，没过多久，门便被打开了，迎接你的是一个男人敷衍的笑脸。这个微驼着背，神情恍惚，满身烟味的男人，是你的继父。你有些尴尬，不知道该说些什么，于是主动去和他握手，与他寒暄。随后，你把袋子放在了旁边的茶几上，继父则帮你把包挂在沙发旁的衣架上。洗完手之后，你去了厨房，母亲正在为你准备午餐，身旁的收音机中传来了戏曲。听到你的声音后，母亲只是转过头说："你回来了？饭快好了，你再等下。"母亲平淡的语气中没有任何情绪，好像你是刚上完课，回家吃饭的中学生。你也没有说什么话，只是走了过去，和她一起做饭。整个过程，你们都没有说太多的话，只有咿咿呀呀的戏曲声，母亲则偶尔会跟唱几句，而你几乎听不懂里面的深奥含义。你一直想要提即将举办的画展，但是，你又害怕惊扰她的平静生活。

午饭时，母亲和继父各坐在你的旁边，而你的对面放了一副空碗筷。这么多年过去了，他们一直为晓海留着位置，一直等待着他的归来。你心里明白，晓海是永远也不会回来了。为了缓和沉默的氛围，你终于开口，向他们提起自己的画展，并且邀请他们来参加。听完之后，母亲的眼中先是疑惑，再是羡慕，最后才变成了祝福，而继父的眼中则是令人费解的快乐。接着，你问他们是否愿意来参加这个画展。继父点点头，立即答应下来。母亲想了想说:"到时候看情况,如果没有啥更重要的事情,我就去。"也许是因为看到了你脸上的失落,她又补充道,"我又不懂画,去了也是白去,要是你爸活着就好了。"也许是意识到自己说错了什么,母亲再也没有说话。

午饭结束后,你陪母亲去县医院看病,她说自己最近总感觉胃疼,但一直没有抽出时间去医院检查。你知道这只是借口,因为自从退休之后,她拥有最多的东西可能就是时间。她只是不愿意和继父一同出门,也不愿意独自去医院,或许是不敢面对自己的疾病。

进入医院后,按照流程排队,见医生,做检查,抽血化验等等。等从医院出来之后,母亲仿佛被抽走了魂,走路颤颤巍巍,像是刚看完地狱的种种景象。你上前去扶住她,生怕她从台阶上跌倒,而她整个人的状态也变得颓废无助。你不知道该说些什么,只是守在她的身旁,告诉她不要害怕。

回到家后,母亲坐在沙发上,目光涣散,表情迷离。你给她倒了一杯水,坐在她的身旁,拉着她的手,与她共同沉默。母亲突然间老了很多,往日那种强大的精气神仿佛突然消散了,剩下的只是空空的皮囊。喝完半杯水后,她突然间开口说道:"唉,我知道我快要死了,这辈子也算是白活了。"

"你想多了,过段时间,我带你去大医院看。"

"不用了,我的病我最清楚。唉,我这辈子最对不起的人就是你了。"

说完后,母亲喝完了剩下的水,摇了摇头,独自去卧室休息,把你一个人扔在了客厅。其实,你还有太多的话想和她说,如果现在不说，以后或许真的没有机会再说了。然而，她已经关上了卧室门，将你挡在了门外。你从客厅抽屉里的相册中取出过去的照片，一张接着一张翻看，回忆的潮水也慢慢地涌上心头。

母亲年轻的时候是厂子里的文艺骨干，能歌善舞，人也长得漂亮，性格傲气，瞧不上那些暗地里追求她的男人们。那时候，每次厂子里有文艺演出，母亲都是备受瞩目的女歌手——她有着天生的好嗓音，也懂得如何去调动听众的情绪。在一次表演之后，厂长特意点名表扬了她，称赞她鼓舞了士气，为工厂的大踏步发展做出了自己的独特贡献。那一年，她甚至被评为厂里的模范员工。之后，她从一线的流水工被调到了办公室工作，这在厂子的历史上也是绝无仅有的案例。之后，母亲的眼光更高了，不仅看不上那些庸碌的男人们，也不愿和那些俗气的女人们有太多交流。那时候，她是厂子里的名人，是公认的厂花，也可能是唯一使用香水的女人。与此同时，关于她的各种流言蜚语也传遍工厂的各个角落。有人居然造谣她是厂长的地下情人，还有人说她的爷爷曾经是汉奸，最后被枪毙身亡。甚至有人说她懂得妖术，知道如何去蛊惑男人们的心。

听到种种传闻后，她突然觉得自己陷入了某种旋涡，没有人能够真正帮助她，更没有人愿意靠近她，理解她。在那个冷冰冰的封闭环境中，她觉得自己是孤立无援的伤兵。也就是在那个时候，经人介绍，她认识了苏河。有过几次交流后，她知道他便是她等待已久的那个男人。与厂子里的其他男人不同，苏河身上有种强烈的艺术气息，干净的眼眸中有股无法捉摸的神秘感。最重要的是，他还是一个画家，也可能是这个工厂中唯一懂得艺术的人。在平时,他是一个沉默寡言的人,没有人会注意他的存在。然而,当他开始对她讲述艺术史的时候,他整个人都散发出璀璨的光芒,而之前的沉默仿佛是遥远的黑暗背景。

有的故事,他只讲给她一个人去听,而她则把最美妙的情歌单独唱给了他一人。在相识后的某个夜晚,他们向彼此立下了最动人的誓约。之后,他们便在众人的猜疑与祝福中举办了婚礼。整整一年后,他们有了自己的女儿,取名为苏葵。再后来,他们的关系在庸常生活中开始变质,开始瓦解,慢慢地走向了毁灭。

苏河是你的父亲,苏葵则是父亲给你起的名字。从你记事开始,父母的关系就出现了裂痕——母亲总是喋喋不休,对生活充满了种种抱怨,总能在父亲和你身上找到各种各样的问题;父亲呢,始终是沉默的一方,容忍着母亲的坏脾气,继续在业余时间画画,陶醉在自己的艺术世界。但是,他只是在画画,并没有卖出一幅画,也没有多少人看过他的作品,而他的梦想则是在省城办一次只属于自己的画展——这或许就是他们产生分歧的核心原因。然而,你非常喜欢父亲,因为他总是以最温柔的方式庇护你,教你画画,鼓励你做自己喜欢的事情,也认真地聆听你的快乐与悲伤。与父亲相反,母亲对你始终带着怨气,几乎没有什么好脸色。记忆中,她好像从来没有拥抱过你。生气的时候,她总是说你毁掉了她的生活,有几次甚至打了你。

其实,你并不知道她想要的生活是什么样子的,甚至连她自己也不知道。不得不承认,她是你心中的阴影,只要有她的存在,你就浑身不自在,但是你又不能将这种不快乐挂在脸上。你总是躲着她,避免与她单独相处,有时候甚至会在心底诅咒她,诅咒她突然消失，诅咒她去死。有一次，母亲冲到画室，二话没说，便把父亲刚刚完成的一幅画撕成碎片，甩在他的脸上后，骂道："苏河，你除了画画还会干啥？连老婆和娃都养不起，你还是男人吗？"也许，她的这番话触怒了父亲，他站了起来，把母亲推倒在地，然后把旁边的花瓶和玻璃杯通通摔碎。也不知道从哪里来的勇气，你从暗处跑了出来，抱住父亲，让他冷静下来，让他不要生气。母亲则站了起来，指着你骂道："你俩都不是啥好东西。"说完后，她哭着离开了房间，离开了这个家。听到重重的摔门声后，你悬着的心才落了下来，然后说道："要是她死在外面就好了，这样我们就能过上好日子了。"

父亲诧异地盯着你，非常严肃地对你说："以后不能这样说，她是你妈，没有她也就没有你，也就没有这个家，她只是脾气不好而已。"

你点了点头，更不能理解他们之间的古怪感情。

那个夜晚，母亲没有回家，而父亲则带着你去了郊外。在一个空旷的地方，父亲把那些画放到地上，洒上汽油，然后把火柴交给你，让你帮他点燃那些作品。你摇了摇头，但还是点燃了火柴，扔到被汽油淋湿的纸张上面，火焰哗的一声飞了起来。那些画在火中咆哮，升华，最后变成了黑色灰烬。那是你生平亲眼见过的最大的一场大火，也是唯一一次看到父亲的眼泪。回到家后，父亲说他以后再也不画画了，自己要做一个正常的人，交很多的朋友，过上平常生活。如今回想起来，那个夜晚，父亲的举动是如此怪异，以至于到了现在，你都觉得那是一场梦。

次日，母亲回来了，而父亲却消失了。两天后，他们在河流中打捞出了父亲的尸体。再次看到父亲苍白的脸，母亲尖叫了一声，晕倒过去，而你似乎已经接受了这样的事实，没有哭泣，没有撕心裂肺的喊叫，而是沉默的、永无止境的自责——要是父亲说自己离开的时候，你拉着他，不让他离开你，也许就不会有这种悲剧的诞生。在他关门的瞬间，他转过了头，你看到了他绝望的神情，你已经预感到了这样的结局，然而，你并没有挽留住他——一种怪异的懦弱与恐惧同时阻止了你。

父亲死后，母亲再也没有唱过任何歌，她把当年的嫁妆通通卖掉。一年半后，她再嫁给了同厂的一位名叫康铭的实诚男人。母亲卖掉了原来的那个房子，带着你一起住进继父的家中。那时候，你经常想念自己的父亲，又无法把这种想念说出来，于是，你一遍又一遍地阅读他留下的日记，也一张接一张地练习画画。奇怪的是，父亲死后，母亲再也没有嘲讽过画画这件事情。只有在画画时，你才会觉得父亲并没有离去，而是以另外一种形式存在于你的世界，守护着你。庆幸的是，继父虽然不懂艺术，但支持你走艺术这条道路。

如今回想往事，除了感慨之外，更多的则是失落与遗憾。你把相册收拾起来，放进抽屉。接着，独自出门，去工厂附近散步。小时候，工厂附近的幸福广场是你的游乐园。放学之后，你经常和伙伴们在这里玩各式各样的游戏。如今，重新坐在梧桐树下的长凳上，你举目四望，周围的世界基本上没有太大变化，然而你的心境却发生了天翻地覆的变化。原来的那些玩伴们，如今像风一样消失在各地，而那些遥远而坚固的记忆如今也变得支离破碎。

再次回到家后，母亲正在准备晚饭，继父则在客厅里盯着新闻频道。你去厨房里和母亲一起包水饺，这也是父亲以前最喜爱的饭食。在她面前，你从来不提父亲，她也不再过问你的感情生活。你和她之间有一个合适的自在距离，而这也是你们之间没有说出的契约。

晚饭后，继父像是酝酿了很久，终于开口问你那个问题："苏葵，晓海还和你有联系吗？"

你摇了摇头。

你想要对他说晓海再也不会回来了，但是话到嘴边，你又咽了回去，因为你无法残忍地叫醒一个等待虚无的人。

晚上，你在晓海的房间睡觉。房间里的摆设还是按照他高中时期的样子，墙上贴着发黄的海报，海报上是他很喜爱的一位香港歌手。桌子上放着一本塞林格的《麦田的守望者》，这是你曾经送给他的生日礼物，也许是他读过的唯一一本外国小说。你随手翻看了几页，上面还有他留下来的痕迹。之后，你又打开抽屉，里面有他的专属相册。打开相册后，首先映入眼中的是他百天纪念的照片，虽然是黑白的两寸照片，但你依旧能在那稚嫩纯真的表情中看到晓海未来的样子。你随手翻看着照片，过往的时间仿佛从指间流淌而过，想要去抓住，却怎么也抓不住。之后，你在照片上看到了那个高挑美丽的女人，她穿着白色长裙，坐在花园中，像是刚落入人间的花仙子，而晓海则痴痴地站在女人的身旁，仿佛花童那样拖着女人的裙摆。那个女人便是晓海的妈妈。在他十一岁的时候，妈妈抛弃了他们，跟着另外一个男人跑了。他说他曾经也恨过她，诅咒过她，然而他慢慢地也理解了她的选择，因为他的爸爸过于老实，挣不来钱，没有社交能力，也配不上他的妈妈。

每张照片的背后都有太多的故事，而他曾经也给你分享过其中的一些故事。如今，你已无法辨认那些故事的真伪虚实。当重新翻看这些照片时，你突然发现连他自己也成为故事本身。翻到最后一张照片，你还是无法控制自己，流下了眼泪。这张照片是你们唯一的合影。那年高考刚结束不久，晓海和你一起去爬山。一路上，你们都没有说太多的话，只是埋着头，向着高处行走。中途，在你想要放弃的时候，他拉起了你的手，在身旁鼓励着你，说他一直陪在你的身边。大概走了很久的路，你们才最终到达山顶。在俯瞰了山间的风景后，你上前拥抱了晓海。如果没有他，你也许永远无法到达那个俯瞰山间万象的高度。碰巧的是，你们身旁刚好有一位摄影师，他主动提出给你们来一张合影。在这张照片中，你的表情是如此拘束不安，而晓海的眼眶里却装了一片海，自由而又开阔。

其实，刚搬进这个家的时候，你并不喜欢晓海，甚至有些讨厌他。虽然高中在同一个班，但你们基本上没有任何交流——你属于那种尖子生，永远坐在前排，上课始终正襟危坐，认真听讲，不允许自己在学业上有半点马虎，是老师眼中的好学生；而他呢，则坐在最后几排，成绩也在倒数行列，经常迟到早退，偶尔会在课堂上起哄，被班主任警告过多次，要不是他父亲常来说好话，打包票，或许他早就被学校开除了。要不是母亲再嫁给他父亲，你们的生活不会有任何交集。命运就是奇怪的东西，把两个完全不在同一世界的人以如此奇异的方式联系在一起。更奇异的是，你对他的看法也发生了天翻地覆的变化。

　　刚开始的一个月，你们基本上没有说过一句话。虽然是同班同学，但都是按照各自之前的轨道运行，彼此没有交流。他比你大三个月，所以母亲提醒你要叫他哥哥。你当然不会这样去做，因为他还没有资格成为你的亲人。他也没有把你放在眼里，举手投足之间都是对你的忽略，甚至是蔑视，有时对你也视而不见，不闻不问。

　　事情的转机发生在立冬的那天晚自习上，没有老师在场，教室里总是有人嘀嘀咕咕。作为班长，你有责任维持班上的秩序。于是，你点名批评了那两个说话的同学，而你收到的却是满满的挑衅。有一个男生回应道，你有什么资格管我们？你喜欢管，把你的那个家先管好。还没等你开口说话，他又说，爸自杀了，妈跟着别的男人乱混，都成笑话了，你还装什么装呢？你突然间方寸大乱，仿佛看着别人用匕首捅向你的心脏，然后看着血从刀刃流到对方的手掌。班上突然间安静下来，等待着你的回应。你站了起来，像是被众人审判的罪犯，不知道该说些什么。僵局持续了三秒钟，之后，晓海从座位上站了起来，走了过去，把那个男生拉了出来，然后一拳打在他的脸上，牙齿被打了出来，嘴里出了血。那个男生倒在地上，大骂晓海的妈妈是破鞋，他是没人要的野种。晓海要过去踩踏他的身体，却被其他几个男生拦了下来。教室里顿时炸开了锅，很快，教导主任来到了教室，把当事人全部叫到了办公室。

　　这个事件成为你们关系的转折点。自此之后，你们开始交流，开始谈论彼此的世界，谈论各自的梦想。原本以为你们是并没有交集的人,慢慢地发现你们在本质上却是同一种人。你们一起上学、放学,一起吃晚饭,一起做作业,一起看电视,他的陪伴让你觉得自己并不是那么孤独。你们之间保持着朋友的身份,也不把他人异样的眼光放在心上。有时候,你甚至在他身上看到了另外一个你。上高三的时候,你们相约一起考上大学。你帮他补习功课,而他则在空闲时刻,为你单独弹奏吉他。在你生日那天,他为你送上了一份独特的礼物——一首只属于你的民谣歌曲,并且把写着你名字的谱子送给了你。歌唱完之后,他请求你做他的女友。你同意了他的请求,但前提是这段关系要暂时保密,尤其不能让父母看出其中的破绽。

高考结束后,你如愿被省城的美术学院录取,而晓海则被一所大专院校录取。经过反复思量,他放弃了上学,而是选择背着吉他去南方打拼。离开的前一晚,他许诺自己会挣很多的钱,在省城买房,娶你为妻,然后开一家乐器店。虽然你知道这种可能微乎其微,但还是抱住他,说你相信他,相信他能够成功。那个夜晚,他带你去县城看焰火表演。当天空被火光瞬间点亮时,他紧紧地握住了你的手,很久都没有分开。焰火结束后,他第一次亲吻了你。

后来,你们走上了完全不同的路。按照计划,你一步步地走上了艺术之路,而他呢,基本上失去了联系,你发给他的信息也都石沉大海。后来,你放弃了这种努力,开始自己的新生活。有一天,你收到了他打来的电话,简单的寒暄之后,他要向你借两千块钱。你没有多问,而是直接去银行,把钱打到了他的银行卡上。之后,你们又断了联系。再次见到他是在你上大三的那年春

211

节，你无法相信自己的眼睛，因为他已经变成了另外一个人，嘴里全是大话，而眼神中却是恐惧与焦灼。他把自己的女朋友照片拿出来让你看，你也象征性地夸赞了几句，之后便没有了共同话题。大年初三，他与继父发生了争执，差点大打出手。他在继父的诅咒中离开了那个家，头也没回一下。自此之后，他仿佛从这个世界彻底消失了，没有人知道他去了哪里。这么多年过去了，继父一直在自责愧疚中度日，也一直等待着他的归来。然而，你知道，他肯定不会回来了，或许他早已不存在这个世界上了。

此时此刻，你关掉了灯，黑暗将你重重围困，而你则睡在他的床上，头脑中全是他中学时的样子。忽然间，你又哼唱起了那首他写给你的歌，那首只有你和他听过的歌。也许，他在另外一个世界，能听到你的呼喊与细语。但是，你从来没有在梦中见过他。

次日，吃完午饭，你就要离开了，而你的心中已经浮现出了火象。在你临走前，继父又对你嘱咐道："要是有晓海的消息，你要第一时间告诉我。"

你点了点头。

令你意外的是，母亲走了过来，把父亲生前最后一幅画交到你手上，说："我们会去参加你的画展的，苏葵，我们都为你感到骄傲。"

说完后，母亲第一次主动拥抱了你。

你打开了那幅画，上面是一棵枝叶繁茂的大树。虽然没有名字，但你知道，这便是父亲所说的生命树。

## 木　象

　　要不是因为外公的突然离世，也许，你再也不会回到这片乡野民村。虽然你经常在梦里重返这块泪之地，和莉莉在田野追风，陪外公外婆在大榕树下乘凉，帮舅舅舅妈干农活，等等。自从父亲去世后，你以为自己再也不会来这里了，虽然这两件事情并没有必然的关系。

　　你并不是一个人来参加葬礼，而是带着女儿朵朵。现在正值暑假，程波也同意让朵朵多陪你几天，再说，他的儿子刚出生不久，没有太多精力放在女儿身上。朵朵几乎没有离开过城市，更没有在乡村生活过，因此对眼前的一切都充满了好奇，仿佛看见了新天地，总是拉着你的手，问一些稀奇古怪的问题。女儿的样子，多么像小时候的你啊。那时候，你对新世界也充满了热情，总是有各种各样的问题。不同的是，母亲基本上不回答你的那些问题，她总是活在自我的忧愁世界。你也避免去亲近她。庆幸的是，外公外婆却认真地回答你的每一个问题。

　　外公没有经受病痛的折磨，而是在睡眠中去世的。第二天清晨，像往常一样，外婆喊着他的名字，让他起床，催他吃早饭。他却没有任何回应，平躺在炕上，仿佛进入孤独的长眠。外婆把手放在他的鼻息处，闭着眼睛，过了半分钟，她对舅舅说，你爸走了，我也快了。说完后，外婆从衣柜中取出寿衣，和舅舅一起帮外公穿上，而外公的身上已经没有了什么温度。外婆让不知所措的舅舅去通知亲戚朋友，然后准备葬礼。在舅舅离开房间的时候，他听到了外婆的哭泣声。他并没有上前去安慰她，而是匆匆

213

离开，将外公去世的消息通知给亲戚朋友。

当然，这些都是舅舅后来讲给我们听的，而你也能想象出当时的种种场景。外公的葬礼上，你见到了很多熟悉的面孔，但忘记了如何去称呼他们。他们都好像认识你，喊着你的名字，称你为大画家。后来你才知道，虽然有太多年没有回来过，但是外公外婆始终把你挂念在心间，经常向母亲打听你的近况，经常在亲戚们面前夸赞你。去年，外公甚至准备好了要去参加你那场名为万象的画展，然而最终因为身体不适，没有如愿以偿。你把那些绘画的照片发给了母亲，让她拿给外公和外婆去看。外公外婆都喜欢那幅《木象》。你一直说要亲手把这幅画送给他们，也以此纪念自己的童年时代。等再次见到他们时，外公已经去了另外一个世界。

葬礼结束后，你把这幅《木象》挂在了外婆的房间。朵朵站在画前，看了很久，然后问你："妈妈，画中的森林是真的吗？"

"是啊，小时候，我经常和你莉莉阿姨一起去那里玩。"

"能不能带我去玩？"

你点了点头。之后，你从舅舅那里要到莉莉的手机号码，打电话问她是否愿意一起去森林。她迟疑了三秒钟，答应了你的请求。她让你先等一会儿，收拾完家里的活之后，她就过来找你们。挂电话之前，她又轻描淡写地说了一句话，却让你倍感羞愧。她说："这两天给爷过事，我看你也不理我，还以为你不认识我了呢。"

挂断电话后，你也反思自己为什么要装作不认识她，不主动上前去和她打招呼。莉莉可是你在小时候最要好的玩伴，虽然多年未见,你还是能在人群中第一眼辨认出她。这么多年过去了,你也不知道自己为什么会有这样的举动。不是逃避,不是轻视,或许是因为莉莉的变化超出了你的想象,你知道自己和她没有什么共同语言,所以避免和她直接交流。从舅舅的只言片语中,你也知道莉莉这么多年来其实过得相当艰辛,走了很多的弯路。

莉莉是舅舅的女儿,比你刚好小十天。小时候,每逢暑假,妈妈都要把你送到外婆家。这大概也是你一年当中最快乐的时光。逃离了那个县城、那所学校以及那个家,你来到了乡间,像是从笼子里逃出的飞鸟,享受着最大限度的自由。莉莉既是你的表妹,更是你的朋友。你们会在刚开始的四五天之内,集中精力,认真地完成假期作业,剩下的一个多月的时间就用来玩乐。外公外婆那时候的身体也算硬朗,偶尔会带你们去镇子上赶集,吃凉粉肉夹馍,买胡椒米粉,玩射击游戏。而舅舅和舅妈也不管你们,任由你们在村子里撒野玩疯。舅舅总是开玩笑说你在城市里是个乖孩子,怎么一来到农村就变成了野女子。你对舅舅吐了吐舌头,便又和莉莉跑了出去。

小时候,你们总是有着消耗不完的精力,即使跑得满头大汗,回家喝上半瓢凉水,然后在床上午睡一会儿,一切又恢复如初。与县城不一样,村里的小伙伴们基本上都是一呼百应,每个人的身上都有着鲜明的个性。虽然偶尔也有分歧,甚至会有各自的帮派,但并不影响他们的想象力与创造力,他们总是能想到各式各样的新玩法。每年暑假,莉莉都会带着你,重新向他们介绍你。没过多久,你很快便重新融入乡村生活,和他们打成一片。一直以来,你更喜欢这里的朋友,因为他们把最自由欢快的东西带给了你。相反，那些在城里结识的同学，基本上没有在一起玩过，因为每个人都被沉重的学业压住，脸上写满了烦闷与不快。

有一次，你和莉莉去森林中采集浆果。路上，你说自己要是能留在这里就好了，你已经不想回城了。听完你的话，莉莉突然停了下来，拉着你的手说："苏葵，你是我在这个世界上最羡慕的人。"也许是因为看到了你脸上的错愕，她又补充道，"我最大的理想就是离开这里，去城里生活。"那一天，你们没有说太多的话，却采摘了大量的浆果，舅妈将那些果子酿成了果汁。

如今回想起来，你们都没有实现当初的愿望——你离开了县城，去了省城，读完了博士，也留在了大城市工作生活；而莉莉呢，初中毕业后就留在老家，帮父母干活，之后又嫁给了同村的一个男人，以后估计也不会离开这个村子了。小时候，你们经常玩一个游戏，叫作换身。这个游戏也很简单，就是在某一天，你与莉莉互换名字，也互换各自的身份，然后再说出对彼此的印象和看法。如今，倘若重新再玩这个游戏，你肯定会认输，因为你早已经没有了那份勇气。

半个小时后，莉莉开着白色面包车，拉着你、朵朵以及她的女儿萌萌，一起去那片森林。巧合的是，萌萌与朵朵也是同岁，只不过小了半个月。你坐在副驾驶座上，不知道该说些什么，而莉莉则一边开车，一边向你介绍村庄的变化。你们对过去的事情只字不提。没过多久，朵朵和萌萌成了好朋友，她们开始在后座上拍手唱歌。不知不觉地，你也跟着孩子们哼唱起来，车内的氛围也变得轻松愉快。

十分钟后，车便停了下来，森林突然出现在眼前，仿佛梦幻之旅。你闭上眼睛，深吸了一口气，然后缓缓地吐出来。长久生活在城市，你已经很久没有过如此清新的感受。在画《木象》的时候，你曾经想过如何将这片森林变成艺术，然而，真实与艺术之间还是存在着本质上的差异。重新走入这片森林后，你突然觉得真实有时候更像是一种幻觉。朵朵一直拉着你的手，她总是担心这里会有野兽出没，而萌萌则拉着朵朵的另外一只手，告诉她这里很安全，不会有怪物出现。过了一会儿，朵朵才松开了你的手，和萌萌跑在前面，采摘着无名的花朵。莉莉和你走在后面，有一搭没一搭地说着闲话。突然间，莉莉问你这些年过得怎么样。你不知道该怎样回答。于是，你拉起她的手，和她一起沉默地向前走。过了一会儿，两个孩子各自采摘了一把花。你和莉莉坐在花丛中，用这些花编成花冠——就像小时候那样，然后戴在了各自女儿的头上。你们看着眼前的风景，时间也仿佛因此而凝固。

返回的路上，你突然收到了昊天的微信。他说他要结婚了，并且邀请你参加他的婚礼。你拒绝了他的邀请，告诉他之后不要再有任何联系了。然后，你删掉了他的微信，拉黑了他的电话。你又打开了微博，把自己刚才拍的森林发布在网络上，并且配了一句话：我们在这里相遇，也在这里迷失。你知道，这也是自己在微博上发的最后一条状态。之后，你便卸载了微博。你坐在副驾驶的位置上，看着迎面而来的新世界，眼睛也变得酸涩模糊。莉莉没有说话，拉了拉你的手，然后唱着你们小时候最爱的歌谣。

回家后，母亲正在给外婆剪头发。外婆专注地盯着眼前的镜子,仿佛一尊雕像,而母亲则娴熟地用着手中的剪刀。母亲以前学过理发,后来去了工厂上班,也放弃了开理发馆的念头。但是,她并没有撂下这门手艺,偶尔会帮亲戚朋友理发。去年,她经常胃痛,却不敢给家里人说,因为她预感很可能是坏病,是胃癌晚期。后来,在你的陪伴下,她去了县医院做了全面检查。结果出来,医生说她是胃溃疡,只需要药物治疗就能康复。虽然她很开心,但又不相信这样的结果,于是打电话给你,让你带她去省城检查。那时候,你也刚举办完画展,于是带她去省城医院做了全面检查。等待结果的那几天,母亲和你住在一起,她开始回忆往事,对做错的事情进行忏悔。她特别解不开的心结是,她觉得是自己把你的父亲逼上了绝路,是她杀死了你的父亲。她问你是否恨她,你说,小时候恨过,甚至想过让她死,但现在都不知道恨是什么了。她又问你是否原谅了她,你想了一小会儿,然后点了点头。结果出来了,母亲并没有得癌症,只是胃溃疡。自此之后,母亲仿佛刚从地狱中走出来,获得了新生,待人接物开始变得温和谦逊。几乎每天都会和你通一次电话,像是黏人的孩子,唠叨着自己的所思所闻。不知为何,你却因此得到了某种安全感。

  理完头发后,外婆坐在客厅中的藤椅上,摇晃着手中的蒲扇。你从包里取出那枚金戒指,坐在外婆身旁,帮她戴在食指上。今天是她八十六岁的生日,也许是刚办完外公的葬礼,没有人再提这件事情,但是,你不会忘记这个特殊的日子。因为在你小时候,每到这一天,外婆都会领着你和莉莉去镇子上吃羊肉泡馍。那真是一段快乐的时光啊。那时候,你曾经问外婆想要什么礼物，你会在长大挣钱后给她买。外婆却什么也不要，说自己什么都不缺。后来经不住你问，她半开玩笑地说自己想要一枚金戒指。你并没有问为什么，而是点了点头，默默地记住了她的愿望。这么多年过去了，你一直没有忘记这件事情。

"我都是快要死的人了，又浪费钱。"外婆笑着说。

"外婆，我还想把你带到城里生活呢。"

"我哪里也不去，我最喜欢这里了。"

"你还想要什么，就告诉我。"

"我什么都不要了，我什么也不怕了。"

说完后，外婆举起手来，看着那枚金戒指，笑了笑，然后闭上眼睛，继续摇晃着手中的蒲扇。夏日沉闷的空气中似乎酝酿着一场暴风雨，而外婆的一生看似风平浪静，却也经历过太多的疾风骤雨。

外公不是外婆的第一个丈夫。第一个丈夫在他们完婚后的第七天，便被招兵，上了战场。外婆那时候只是十八岁的姑娘，却一直坚信自己的新婚丈夫会平安归来。然而，三年过去了，那场战争也结束了，丈夫却没有返回，而她也始终没有收到他的死讯。后来，丈夫的家人也放弃了等待，他们给了她一笔钱和一些粮食，让她的父亲把她接回了家。她无法接受这样的命运，却又无可奈何，只能像野草般坚韧存活。

她并没有做错什么，然而回到村子后，却成为那些妇人们笑话的对象。她们讽刺她是克夫命，以后不会再有男人敢要她。她受不了这种讽刺，也觉得人生失去了希望。于是，在一个昏黄的午后，她决定结束自己的生命——把白布套在了自己的颈上。当她准备踢掉脚下的凳子时,听到了父亲的敲门声。她没有理会,而是按照计划,踢掉了凳子。在她快要断气的时候,听到了冥王的审判声。

等再次醒来,她已经躺在了床上,而她的母亲则在旁边抹着眼泪。那段时间,父母什么也不让她干,让她安心养病。奇怪的是,在鬼门关走了一遭之后,她彻底忘记了丈夫的面貌,甚至连他的名字也想不起来了。她决定要挥别过去,开始新的生活。病好之后,她在后院开辟了花园,在里面种上了月季、芍药与蔷薇,不再把自己封闭起来,也不再把过去的那段婚事看成耻辱,开始和村子里的人交往。慢慢地,她发现自己以前迈不过去的心坎,只不过是微小的尘埃。

后来,另外一个男人闯入了她的世界。这个男人是逃荒到他们村的,刚来的时候,面黄肌瘦,穿得破破烂烂,与乞丐没有什么区别。父亲给了他一碗粥和两个馍,他大口大口地吃完了。之后,他提出要给父亲干些体力活,以此作为感谢。家里刚好有些粮食需要拾掇,于是,他帮父亲弄好了那些粮食。父亲又留他吃了晚饭,并且留他在家过夜。这样一来二去的,父亲把他留在了家里,让他帮忙干些体力活。他比她只大三岁,看起来也实诚能干,最重要的是,闲下来的时候,他会给她讲那些历史传奇,像评书人讲得那样引人入胜。他说要是自己生在富足人家,肯定也是个读书人,是知识分子。慢慢地,她喜欢上了他,而他也向她表明了自己的爱意。她并不介意他无依无靠,没钱没权,而他从来也不过问她的上一段婚姻。就这样,他们在中秋节那晚私订终身,并且把这个决定告诉了父母。母亲坚决不同意,但父亲叹了口气,同意他们在一起。他们在村子里举行了一场很大的婚礼,半个村庄的人都来参加了,给他们送上祝福。之后,他们便要一起面对生活的风浪暴雨。

这个男人就是你的外公。如今再回忆那场婚礼,外婆还记得当时的种种场景,记得婚礼的每一个细节。据外婆说,在长达六十年的婚姻生活中,他们没有吵过架,甚至没有红过一次脸。也许是因为经历过生活的坎坷,他们更珍重彼此,都把彼此当作上天赐予自己的礼物。如今,外公已经离开了这个世界,而外婆说自己也跟着他一起离开了,现在所剩下的,只不过是一具皮囊。外婆又说,以前她总是害怕这害怕那,现在,她什么也不害怕了;她也不怕死了,她每天晚上都和死神交谈。

晚上,你和女儿睡在一个房间,母亲则陪外婆一起睡。临睡前,女儿又让你讲故事,讲你小时候的故事。于是,你把外婆带你和莉莉去镇子看大戏的故事给她讲了一遍。还没讲完,女儿已经睡着了,而你呢,则没有丝毫的困意,于是看着户外的星空,寻找那一颗属于自己的星辰。小时候外婆就给你讲过,每一个在地上的人,都对应着天上的一颗星星。直到如今,你宁愿相信这是事实,而不是童话。

你又走进了那个梦。在梦中,你知道这是梦。这一次,你全裸着身体,迷失在森林的深处。你听到了猛兽的吼叫,也看到了野禽的踪迹,但你却找不到走出去的路。后来,你来到湖边,看着自己倒映在水中的肉身,发现是如此圣洁美丽。不由得,你甚至爱上了那个水中女孩。你想要和她说话,想要抱着她,孤独驱使着你去寻找她。于是,你跳下湖,那个女孩也消失了,而你则不断地下沉,不断地靠近世界的核心。然而,在你快要窒息的时候,你却突然从梦中醒了过来。

森林消失了,湖泊消失了,而你则躺在床上,侧过身来,看到了窗外的晨曦。

你走出房间,站在院子中间,抬起头,突然觉得自己重新创造了自己,自己成为一个新人。